Het beleg van Leningrad

Een roman uit de Tweede Wereldoorlog

Richard G. Hole

Het beleg van Leningrad
Een roman uit de Tweede Wereldoorlog

Richard G. Hole

Tweede Wereldoorlog

KORTE INHOUD

Zware artillerie was begonnen te schieten op de buitenwijken van Leningrad, amper tien kilometer van de frontlinie. De immense stad, enkele maanden belegerd door de ijzeren divisies van de "Wehrmacht" leed onder het voortdurende gehamer van langeafstandskanonnen, zware mortieren en bommen van "Stukas" en "Heinkels", in afwachting van het beslissende moment in die overweldigende alles in hun pad, zouden de grenadiers de aanval lanceren, als een onstuitbare golf, de laatste verdedigingswerken vernietigend ...

Het beleg van Leningrad is een verhaal dat deel uitmaakt van de collectie van de Tweede Wereldoorlog, een reeks oorlogsromans ontwikkeld in de Tweede Wereldoorlog.

HET BELEG VAN LENINGRAD

HOOFDSTUK I

De nacht was somber en koud. Grote, met regen beladen wolken bedekten de lucht en een bleke maan doemde op tussen hen in en verlichtte met tussenpozen het ingewikkelde labyrint van loopgraven en prikkeldraad met zijn spookachtige gloed. Gloeiende raketten stegen de lucht in en explodeerden in gelige glans terwijl machinegeweren ratelden en enkele schoten weerklonken van schildwachten op hun borstweringen. Tot Kolpino donderde de artillerie sinds de schemering.

De rode ogen van soldaat Fritz Rinner speurden de duisternis af. Het machinegeweer waarvan hij een dienaar was, lag naast hem, klaar om in actie te komen. Voor hem brak de grond in een reeks verraderlijke, met gras begroeide holtes, waaruit de mist in brede banen opsteeg. Grote trechters, veroorzaakt door de explosie van granaten van groot kaliber, bedekten het terrein eromheen. Rinner raadpleegde zijn horloge met lichtgevende wijzerplaat. Er was nog een uur te gaan voor zijn opluchting. Een ononderbroken stoet van evocaties en herinneringen trok door zijn brein. Zijn oogleden waren zwaar van het lange waken, en hij verlangde naar het moment waarop hij op zijn harde bed kon gaan liggen om een korte slaap te ontwaken.

Links van hem klonk het geluid van naderende voetstappen door de modderige greppel. Het was de sergeant die door zijn sector liep en de posten inspecteerde.

"Oké", informeerde Rinner hem, terwijl hij oppassen niet weg te kijken van het front, want dat zou hem een goede berisping van zijn superieur hebben opgeleverd.

"We zullen het snel hebben", antwoordde hij. Het hoofdkwartier heeft ons zojuist laten weten dat de Wahrenfels-patrouille vanavond terugkeert, na twee dagen achter in de vijandelijke linies te hebben doorgebracht. Zij zullen precies vanuit deze positie hun intrede doen. Het wachtwoord is "Sebastopol". Eenmaal geïdentificeerd, wijs je het pad aan dat bestaat in het hek aan je rechterkant. En pas op dat je niet in de war raakt en een knaller naar ze gooit ... huh, showrenco?

De sergeant liep weg, Rinner rolde de kraag van zijn veldjas op en bereidde zich voor op het lange wachten. De minuten gingen langzaam voorbij. Zware artillerie was begonnen te schieten op de buitenwijken van Leningrad, amper tien kilometer van de frontlinie. De immense stad, enkele maanden belegerd door de ijzeren divisies van de "Wehrmacht" leed onder het voortdurende gehamer van langeafstandskanonnen, zware mortieren en bommen van "Stukas" en "Heinkels", in afwachting van het beslissende moment in die overweldigende alles in hun pad zouden de grenadiers als een onstuitbare golf de aanval inzetten en de laatste verdedigingswerken omverwerpen.

Het zou ongeveer een ononderbroken half uur zijn geweest toen soldaat Rinner dacht dat hij voor zich het onmiskenbare geluid van voorzichtig naderende voetstappen hoorde. Hij spitste zijn oren en bleef roerloos staan, zijn zenuwen gespannen. Na een korte stilte werden de voetstappen dichterbij gehoord. De maan was ondergegaan en het zicht was praktisch nihil.

"Lang! "schreeuwde Rinner, terwijl hij achter het machinegeweer stapte met één vinger aan de trekker." Wie leeft...? Wachtwoord!

"Duitse patrouille" antwoordde een stem, en toen ": Sebastopol!

'De pas is tien of twaalf meter naar links,' waarschuwde Rinner.

De soldaat, ongetwijfeld op verkenningsmissie, overzag het terrein en reed toen weg om verslag uit te brengen aan de anderen. Binnen een paar minuten naderde de hele patrouille. De geschoeide laarzen van de grenadier maakten een doffe plof toen ze de harde grond raakten, hun hoeven glommen vaag, gewond door de gloed van de raketten, en hun velduitrusting maakte een zwak gerinkel, oscillerend op hun ritmische tempo. De eerste die in de loopgraaf sprong was luitenant Wahrenfels. Ze werden gevolgd door de korporaal en de zeven grenadiers en de "feldwebel" bedekte de achterkant. Engerling. De luitenant was lang, slank en slank. Onder zijn goed gesneden tuniek kon men echter sterke en stevige ledematen zien. In zijn energieke en levendige gezicht waren ogen helder en vol leven, beschermd door het glas van de glazen met metalen rand. Zijn gebaren en zijn stem duidden op de leider die in staat was om zijn volk naar de meest ongelooflijke prestaties te slepen met de enige aansporing van zijn overweldigende persoonlijkheid. Tijdens de Oekraïense campagne, en aan het hoofd van zijn patrouille, was hij altijd de eerste geweest die de vijandelijke versterkingen aan de achterkant van de frontlinies aanviel en de grond voorbereidde voor de eenheden die later de actie zouden consolideren. Begiftigd met een hart van staal, ontoegankelijk voor angst of zwakte, kraakten zijn bevelen in het lawaai van explosies en het gekletter van machinegeweren en het gezoem van vliegtuigen, terwijl kogels om hem heen sisten in een gulzige zoektocht naar een moeilijke prooi. Op de commandopost van de Divisie werd hij beschouwd als een roekeloze en gedurfde leider die zonder angst voor mislukking de moeilijkste missies kon toevertrouwen. Hij was in het bezit van een veelvoud aan versieringen en droeg op zijn borst het kostbaarste van allemaal: een eersteklas IJzeren Kruis, verkregen tijdens het beleg en de overgave van een zeer belangrijk gepantserd fort.

De 'feldwebel' Engerling was het soort professionele militair, met compromisloze moed en compromisloze loyaliteit, in staat tot de meest buitengewone acties zonder een grijns van spottende minachting op zijn gezicht, zwart van het buskruit.

De zeven grenadiers en hun korporaal Schäfer vormden een compacte, gedisciplineerde en krachtige groep. Ze waren allemaal met de grootste zorg uitgekozen en onderworpen aan uiterst zware tests, voordat ze deel gingen uitmaken van die patrouille, die al beroemd was in de hele divisie en wiens prestaties door de troepen werden becommentarieerd als iets fantastisch en legendarisch. Ze zagen er indrukwekkend uit in hun hoge, met modder bedekte laarzen, hun tunieken met leren riem, hun helmen die door de kinband aan de kin werden vastgehouden en hun lichte en efficiënte wapens, bestaande uit een speciaal gemaakt 'machinepistool', regulatiepistool, mango en ei bommen verdeeld door de riem, en een goed geslepen kapmes, die ze alleen gebruikten in geval van problemen of wanneer het handig was om de tegenstander met zo min mogelijk lawaai te elimineren.

Die mannen, die gewend waren de dood in de ogen te kijken, beefden nooit. Een minachtende en ironische glimlach vervaagde nooit van hun lippen, terwijl ze koortsachtig met hun wapens zwaaiden, baanden ze zich een weg door de vijandelijke gelederen met nauwkeurige uitbarstingen, of wanneer ze, als loerende wolven, urenlang de bewegingen van de vijand bespiedden, om zichzelf te lanceren op de actie op het precieze moment waarop het bevel wordt gegeven.

Onder hen vielen drie grenadiers op door hun kracht en persoonlijkheid, die iedereen de onafscheidelijke noemde. Hun namen waren Bert Seidel, Alf Voss en Rudi Main, en zij vormden de hoeksteen waarop de totale organisatie van de patrouille rust. Ze waren samen sinds het begin van de campagne en waren door de luitenant gekozen, niet alleen vanwege hun buitengewone fysieke capaciteiten, maar ook vanwege hun gemakkelijke en agressieve karakter, en vanwege hun goede humeur en hartelijkheid, het bewijs van alle tegenspoed. Ze genoten een grenzeloze populariteit door het hele regiment en stonden zowel bekend om hun heldendaden als om hun grappen, genialiteit en allerlei durf.

Bert Seidel, een voormalig kantoormedewerker uit München, had een normale lengte, maar was zeer sterk gebouwd en zeer goed bestand tegen vermoeidheid. Met een ietwat kinderachtig gezicht had ze extreem expressieve bruine ogen, bruin haar en een brede en krachtige borst, verworven bij het beoefenen van de zwaarste sporten. Alf Voss, moest de klaslokalen van de universiteit verlaten om zich bij een eenheid aan te sluiten die al snel naar het front vertrok. Iets groter dan Bert, hij zag er buitengewoon gezond en levendig uit. Met een gebruinde huid en zwarte ogen had hij voor een zuiderling kunnen worden aangezien. Toch kwam hij uit een oude Hannoveraanse familie en werd hij gekenmerkt door zijn voortreffelijke opvoeding en uiterst correcte manieren. Van zijn kant was Rudi, de langste van de drie, ongewoon gebouwd. Zijn blauwe ogen vielen op in een gezicht met een vooruitstekende kaak, en zijn robuuste nek rustte op een brede, gespierde atleet. s schouders die de meest buitengewone lasten kunnen dragen. Over zijn brede voorhoofd vielen de blonde lokken van zijn voortdurend warrige haar. Met een levendige en doordringende blik bezat hij een uiterst alerte intelligentie. In zijn vrije tijd had hij zich toegelegd op de studie van het Russisch, dat hij tot in de puntjes beheerste, en dit vormde een onschatbaar voordeel voor de patrouille, aangezien bij vele gelegenheden een woord dat met een zuiver accent van het land werd uitgesproken, effectiever was geweest dan de werking van handbommen of machinepistolen. Over zijn brede voorhoofd vielen de blonde lokken van zijn voortdurend warrige haar. Met een levendige en doordringende blik bezat hij een uiterst alerte intelligentie. In zijn vrije tijd had hij zich toegelegd op de studie van het Russisch, die hij tot in de perfectie beheerste, en dit vormde een onschatbaar voordeel voor de patrouille, want bij vele gelegenheden was een woord dat met een puur landsaccent werd uitgesproken, effectiever geweest dan de actie van handbommen of machinepistolen. Over zijn brede voorhoofd vielen de blonde lokken van zijn voortdurend warrige haar. Met een levendige en doordringende blik bezat hij een uiterst alerte intelligentie. In zijn vrije tijd had hij zich toegelegd op de studie van het Russisch, dat hij tot in de puntjes beheerste, en dit vormde een onschatbaar voordeel voor de patrouille, aangezien bij vele gelegenheden een woord dat met een zuiver accent van het land werd uitgesproken, effectiever was geweest dan de werking van handbommen of machinepistolen. Met een levendige en doordringende blik bezat hij een uiterst alerte intelligentie. In zijn vrije tijd had hij zich toegelegd op de studie van het Russisch, dat hij tot in de puntjes beheerste, en dit vormde een onschatbaar voordeel voor de patrouille, aangezien bij vele gelegenheden een woord dat met een zuiver accent van het land werd uitgesproken, effectiever was geweest dan de werking van handbommen of machinepistolen. Met een levendige en doordringende blik bezat hij een uiterst alerte intelligentie. In zijn vrije tijd had hij zich toegelegd op de studie van het Russisch, dat hij tot in de puntjes beheerste, en dit vormde een onschatbaar voordeel voor de patrouille, aangezien bij vele gelegenheden een woord dat met een zuiver accent van het land werd uitgesproken, effectiever was geweest dan de werking van handbommen of machinepistolen.

De luitenant vertrouwde hen volledig en volledig, en aarzelde nooit om hen de moeilijkste operaties toe te vertrouwen, er zeker van dat ze met de meest verschrikkelijke tests zouden komen.

Ze gingen in de rij staan, en de luitenant gaf hun een kort overzicht.

"Alles in orde, jongens", zei hij tegen hen. Nu, om te rusten, hoe welverdiend hebben we het... Tenminste, als ze het ons toelaten.

'Ik heb een idee, mijn luitenant', zei Rudi, aan wie de patrouilleleider soms enkele kleine vertrouwelijkheden toestond. Waarom vergezelt een van die eikels van de Generale Staf, die hun hele leven bezig zijn met het plannen van operaties, ons niet op elk van onze uitstapjes? Misschien op die manier...

"Een uitstekend idee", antwoordde de bovengenoemde, hem onderbrekend. Maar zou je wel acht of negen uur per dag aan een tafel willen zitten, omringd door plattegronden en kleurpotloden? Geen recht? Nou, ieder zijn ding, Rudi... En nu onderweg, dat het weer dreigt te regenen.

De patrouille begon op weg naar de commandopost, loopgraaf vooruit, en verdween al snel in een bocht erin.

HOOFDSTUK II

De taverne van de oude Ivan bevond zich in de hoofdstraat van Novo-Litka. Het dorp, dat grotendeels uit houten "isba's" bestond, strekte zich uit aan weerszijden van de hoofdweg Leningrad-Vilnius, die dag en nacht onvermoeibaar door de lange karavanen van vrachtwagens die de dienst tussen de achterhoede uitvoerden, reden. en de voorkant.

De plaats was het ontmoetingspunt voor de soldaten met toestemming, die het op alle uren volledig vulden, waardoor de atmosfeer onadembaar werd met de dikke rook van sigaretten en pijpen terwijl het geluid van de gesprekken geen moment ophield te worden waargenomen.

Katia, de dochter van de herbergier, liep tussen de tafels rond, alert op de eisen van de klanten. Ze was een lange en slanke blondine, met een expressief gezicht, waarin prachtige blauwe ogen opvielen met een uitnodigende en ondeugende uitdrukking, en een mond met dikke, rode lippen, altijd open in een stralende glimlach. Ze was begin twintig en haar charmes trokken en boeiden de lokale stamgasten, van wie sommigen met meer dan alleen bewondering naar haar frisse en uitnodigende schoonheid staarden. Katia, een meisje van onfeilbare formaliteit, stond echter niemand het minste gebrek aan respect toe, ook al had ze een vriendelijk woord of een vriendelijk en hartelijk gebaar voor iedereen.

Alf, Bert en Rudi gingen de herberg binnen. Ze hadden hun militaire uitrusting uitgetrokken en met de kraag van de krijger losgeknoopt, de pet over één oor gedraaid en het pistool aan de riem, zagen de drie atleten, gebruind door de zon en de sneeuw van lange campagnes, er capabel uit. om te bewegen hoeveel vrouwelijke harten ze op hun pad zullen vinden.

Ze zaten aan een tafel in het midden van de kamer, die op dat moment leeg was, en keken even naar de menigte. Bezorgd kwam Katia hen bedienen.

'Wat willen jullie drinken? vroeg Bertus. Vandaag ben ik degene die uitnodigt.

"Wat mij betreft, ik denk niet dat ik genoeg zal hebben, zelfs niet met een liter 'wodka'. Ik moet de smaak van het buskruit uit mijn mond krijgen na ons laatste uitstapje.

Katia, die Duits perfect verstond, wierp Rudi een bewonderende blik toe, waarop hij reageerde door te knipogen en te glimlachen.

"Wat vertel je me, schat? Hij nam haar bij de pols en voegde er in perfect Russisch aan toe:

Monoga krashiva. Lubliets minya?

Ze sloeg hem op zijn nek.

"'Stoj!" "Ze antwoordde, en dan in het Duits, zodat iedereen het zou begrijpen." Waar komen deze bekendheden met mij op neer? Ben ik je vriendin?

"Nee, maar dat zou je kunnen zijn," antwoordde Rudi, haar naar zich toe trekkend en een gebaar makend om haar te kussen.

Een groep van drie tankers bekeek het tafereel vanaf de aangrenzende tafel. Ze waren lang en sterk, met dat verweerde gezicht en agressieve en vasthoudende uitdrukking die kenmerkend waren voor de soldaten van een wapen dat werd gekenmerkt door de glorie van de ingrijpende opmars, de spectaculaire offensieven en de massale aanvallen, terwijl de kanonnen granaatscherven rond hun monsters spuwden. van staal. Ze droegen het zwarte uniform van zijn korps en versierden hun karakteristieke baretten met een zilveren schedel, een embleem van moed en minachting voor de dood. Blijkbaar had een van hen tot nu toe genoten van Katia's voorkeuren, en toen hij Rudi's houding opmerkte, voelde hij een vlaag van woede over zich heen komen. De rivaliteit tussen tankers en infanteristen was traditioneel in het leger, aangezien de eerste superieur werden geacht aan de rest van de troep,

Wie is die gast? De tanker gromde en wierp Rudi een hatelijke blik toe.

De grenadier hief zijn hoofd scherp op en staarde zijn rivaal met een uitdrukking van ingehouden kalmte aan.

'Je denkt dat je een grote veroveraar bent, toch? "Vervolgde de andere, aangemoedigd." Stop met dat meisje lastig te vallen!

"Ik denk niet dat Katia last van mijn zijde heeft" merkte Rudi met een ironische glimlach op. Hij zou in ieder geval niet naar een apenkop als die van jou moeten kijken.

De tanker kwam razendsnel overeind en, zich naar Rudi wendend, gaf hij een klap die hij ontweek, waardoor hij tegen de tafel tuimelde. Flessen en glazen vielen op de grond. Zonder hem de tijd te geven zichzelf te herpakken, greep Rudi hem bij zijn middel en gooide hem naar zijn twee metgezellen. Van hun kant waren Bert en Alf zich aan het voorbereiden om aan te vallen. De tankers hapten naar adem van woede. De drie grenadiers wachtten de massale aanval van hun tegenstanders met grote sereniteit af. Rudi's rivaal kreeg vaart en wierp zich op hem met de bedoeling hem tegen een muur te slaan. Maar Rudi, lange tijd getraind in een Berlijnse sportschool, kende een flink aantal sleutels en vindt dat het nu tijd was om te solliciteren. Hij stapte op het juiste moment opzij, draaide zijn middel lichtjes en greep de tanker bij één arm, Hij draaide hem netjes over zijn schouder, hem neergooien op de harde houten vloer, die trilde van de klap. Bert had zijn vijand neergehaald en sloeg hem naar believen. Van hun kant waren Alf en de derde tanker verwikkeld in een man-tegen-man gevecht, waarin zowel geweldige klappen werden ontvangen als toegepast.

Rudi's tegenstander sprong overeind. Zijn gezicht zat onder het bloed en zijn uniform was op verschillende plaatsen gescheurd. Een geweldige directe wierp Rudi tegen de muur. Een van de plafondlampen viel in stukken. De grenadier kromp ineen alsof hij vreselijke pijn had, en net toen de ander bovenop hem lag, sloeg hij hem met een geweldige stomp in zijn maag. De tanker kreunde. Nog twee directe, één in het gezicht en de andere opzij, stonden op het punt om met hun rivaal te eindigen. De strijd moest beslist worden. Alf had zijn tegenstander in het nauw gedreven en Bert stond op het punt zijn tegenstander resoluut neer te halen.

"Verdomde opschepper! De tanker brulde, herbouwde zichzelf, klaar om verder te gaan.

Maar zijn laatste rush eindigde in de meest klinkende mislukking. Rudi had op hem gewacht, aandachtig voor zijn kleinste bewegingen en toen hij op hem uitsprong, dook hij iets opzij en door een been met zijn rechterkuit te verbinden, viel hij met een geweldige slag op de grond. Hij stond op het punt om op hem te springen om zijn overwinning te voltooien toen Katia, die het tafereel in angst aanschouwde, schreeuwde:

"Pas op! Er komt een bewakingspatrouille!

De tanker stond half bewusteloos op en iedereen stopte aandachtig het gevecht. Buiten klonken haastige voetstappen. De deur sloeg open en een bewakingsteam bestormde het pand. De korporaal staarde fronsend naar het wrak. Zijn soldaten hadden de kanshebbers al uit elkaar gehaald en brachten wat orde in de gehavende lokale bevolking.

"Mooi! "riep hij woedend uit." En noemen jullie dit rust? Jullie verdienen het allemaal om naar een strafbrigade te gaan! "Hij wees naar de tankers." Naar je accommodatie! En wat jou betreft, "voegde hij eraan toe, terwijl hij de grenadiers," ga naar de kazerne voordat de luitenant erachter komt wat er net is gebeurd.

Rudi had een enorme schram op zijn gezicht. Katia kwam bezorgd naderbij met een schone handdoek die ze in een beetje "wodka" doopte en op de wond aanbracht.

"Doet het veel pijn? Vroeg hij teder.

"Oh! Dit is niets", pochte Rudi, en hij maakte gebruik van de verwarring die nog steeds in de plaats heerste, voegde hij er binnensmonds aan toe. "Wanneer zouden jij en ik een tijdje alleen kunnen praten ...? Wat dacht je van een uur van nu, bij de brug?

Het meisje keek zenuwachtig naar links en rechts en antwoordde na een korte aarzeling:

'Goed. Ik zal kijken of ik kan wegglippen.

HOOFDSTUK III

De dag was helder en stralend aangebroken. Een echte lentedag, ook al stond de winter voor de deur. 's Morgens vroeg stond de patrouille met volle wapens voor de kazerne opgesteld. De "feldwebel" beoordeeld. Na enkele ogenblikken verscheen de luitenant, glimlachend en dynamisch, volledig hersteld van de vermoeidheid van de afgelopen dagen.

"Jongens" zei ooit allemaal stevig en in siliconen. Het hoofdkantoor heeft het nodig geacht ons te feliciteren met onze laatste inval. Ik ben verheugd u te kunnen informeren en hoop dat deze patrouille nooit de roem die ze zo verdiend heeft onwaardig zal zijn. Nu gaan we naar het veld om te oefenen, want zoals jullie allemaal weten, moeten we altijd fit en klaar voor actie blijven. Als u zich goed gedraagt, kunt u de middag vrij besteden.

Een kort bevel en de patrouille vertrok. Ze staken de brug over waar Rudi en Katia elkaar de avond ervoor voor het eerst hadden ontmoet. De grenadier zag er een beetje dromerig uit.

'Die vrouw heeft hem van streek gemaakt,' merkte Bert op.

"We hebben hem nog nooit zo gezien", voegde Alf eraan toe. Verlies je faculteiten?

Aangekomen aan de rand van de stad, koos de luitenant een ruig terrein uit dat gedeeltelijk bedekt was met torenhoog gras.

Allereerst, "zei hij", zullen we een simulatie uitvoeren van hand-tot-handgevechten ... Het lijkt me dat je het een beetje bent vergeten, en het doet geen pijn dat we een beetje dit belangrijke deel van onze taak.

Een algemeen gelach brak uit in de gelederen.

'Wat is er in godsnaam met ze aan de hand? Vroeg de 'feldwebel', zich wendend tot de officier.

"Ik weet het niet", antwoordde de luitenant met een raadselachtige glimlach. Maar ze gaan natuurlijk weten wat goed is. Nou, "vervolgde hij, zijn amusement een beetje verbergend." Je gaat je in twee kanten opsplitsen en je zult elkaar gemeen aanvallen, als echte wilden. Je begreep me? Zie niemand wankelen of "soft" spelen. Denk dat de persoon voor je de vijand zelf is, en schud hem met al je kracht door elkaar.

De twee partijen werden onmiddellijk gevormd. Een van hen stond onder bevel van de feldwebel, de andere door de korporaal. De laatste bestond uit Bert, Rudi en Alf. Ze trokken hun tunieken uit en hun atletische torso's glinsterden in de zon. Rudi oefende zijn spieren en onthulde biceps die in staat waren om te concurreren met die van de zwaarste en meest ervaren professionele bokser.

Op een signaal gingen de twee partijen uiteen, tegenover elkaar opgesteld, klaar om op te laden. Rudi bedreigde zijn rivalen en noemde ze 'bekrompen' en 'mager'. De groep onder bevel van de "feldwebel" Engerling zag er echter prachtig uit met hun zonverbrande grenadiers klaar om deze opscheppers brutaal te schudden.

De luitenant stond op een eminentie op de grond en zei:

'Blijf op de hoogte van het fluitsignaal. Eén aanraking betekent aanvallen. Twee, stop het gevecht. En onthoud dat je zult doen alsof je echt tegenover de vijand staat. Je moet elkaar genadeloos verslaan. Het maakt niet uit of je elkaar pijn doet. Ze zullen je later genezen in het medicijnkastje.

Hij bracht het fluitje naar zijn lippen. Eén lange aanraking en ze stortten zich allemaal in de strijd, brullend en "hoera!" De korporaal greep de eerste tegenstander bij de taille en de twee rolden over het gras en sloegen elkaar met echte woede. Alf, Bert en Rudi bleven niet nadenken over methoden of het plannen van hun aanval. De vijand was op hen gericht en het was nodig om te laten zien dat ze niet voor niets in het regiment "de onafscheidelijke drie" werden genoemd. Ze vormden een stenen muur met hun lichamen en hun drie tegenstanders stortten zich er tegenaan, zonder dat ze het op enige manier konden omverwerpen. Het was nutteloos voor hen om de verschillende vechtsystemen in praktijk te brengen die ze in de loop van de lange strijd hadden geleerd. Rudi, Alf en Bert bleven op hun post en binnen enkele minuten was het initiatief in hun handen. Rudi profiteerde van een moment van verwarring, greep twee van zijn rivalen bij de nek en liet met een krachtige ruk hun hoofden gewelddadig botsen. De twee grenadiers vielen kneuzingen op de grond. Bert en Alf maakten van dat korte moment van rust gebruik om hun bezwete voorhoofd af te vegen met hun zakdoek. De derde tegenstander stond op het punt in de aanval te gaan toen twee fluittonen duidelijk klonken in de kalme ochtendlucht.

"Een kwartier pauze", kondigde de luitenant aan. Dan gaan we verder.

De grenadiers gingen op het gras zitten, Rudi haalde een sigaret tevoorschijn en stak hem aan.

"Heb je niet iets vreemds in dit alles gezien? "Hij vroeg zijn twee metgezellen." Wat zal er komen van deze gretigheid om ons letterlijk uit elkaar te laten scheuren? Heeft een verklikker je over gisteren verteld en wil hij ons een lesje leren?

"Hé... nou het is waar, we hebben hem nog nooit zo gemeen gezien" mompelde Bert nadenkend.

Alf raakte Rudi met zijn elleboog aan en wees hem in de richting van een pad dat een eindje verderop liep. Een vrouwenfiguur keek hen aandachtig aan. Rudi sprong. Het was Katia die terugkwam van het wassen van haar kleren in de rivier.

"Luister even naar me", zei hij tegen hen. Zorg ervoor dat ze me niet zien. Ik ga een paar minuten met haar praten.

'In jouw plaats zou ik die dwaasheid niet doen,' adviseerde Bert hem. Als de luitenant je ziet, gaat hij je een pakket geven dat je nog lang zult herinneren. Je weet hoe het gaat met deze discipline-dingen.

"Bah! Ik vind het niet erg. Trouwens, als ik het aanneem, zal ik alleen zijn. Ik ben zo terug. Gewoon een paar woorden. Ondertussen, als ze naar me vragen, verberg je dan zo goed mogelijk. Mee eens?

'Oké,' mompelde Bert. Maar wees voorzichtig en blijf niet te lang hangen ... hoewel ik toegeef dat Katia in staat is om iemands brein van streek te maken.

"De arme man is gekarameliseerd als een schooljongen", merkte Alf op met een uitdrukking van medelijden.

Rudi sloeg hen op de schouder en liep weg, gehurkt door het gras, net toen de luitenant wegkeek. De jonge vrouw schrok toen ze hem voor haar uit de struiken zag opduiken. Rudi draaide er niet omheen. Hij nam haar bij de handen en trok haar naar zich toe en vroeg haar:

'Zullen we elkaar vanavond ontmoeten... op de locatie van gisteren? Rechtsaf? Als je me nee zegt, ben ik in staat om voor de grenadiers over te steken als ze op het doel schieten.

Ze staarde hem extatisch aan. Hij klopte op de spieren in zijn arm en liet een bewonderende uitdrukking zien.

"Sterk, hè? 'Rudi pochte.' Nou, kijk "en hij stak zijn borst uit, uitpuilend totdat het leek alsof hij zou ontploffen.

'Doet je wond pijn?' vroeg Katia, terwijl ze zachtjes de plek op haar wang streelde, waar ze nu een witte gipsen band droeg.

'Welke wond?' zei Rudi terwijl hij deed alsof hij zich niet bewust was. Precies op dat moment werd er gesis gehoord.

"Het is Bert die me waarschuwt. Ik moet gaan. Nou, Katia, tot de avond. Waarheid?

"Tot de nacht.

En Rudi liep weg met dezelfde voorzorgsmaatregelen waarmee hij was benaderd. Precies op het moment dat hij naast zijn metgezellen stond, beval de luitenant:

"Klaar om de oefening voort te zetten...! Maar ik merk dat je een beetje moe bent, vooral Rudi, Bert en Alf.

"Zijn we moe? "Zei Rudi." U kent ons niet, mijn luitenant...

'Het lijkt me dat ik je te goed ken. Wel, plaats de doelen en we gaan schietvaardigheidsoefeningen uitvoeren met de machinepistolen.

Het bevel werd uitgevoerd en al snel weerklonk een reeks windstoten, die de kalme atmosfeer van de ochtend deden schudden.

HOOFDSTUK IV

Majoor Braun, commandant van het 3de Bataljon, onder wiens direct bevel de patrouille stond, had zijn onderkomen in een "isba" op korte afstand van de weg. Een schildwacht, gewapend met een machinepistool en verschillende handbommen die aan zijn riem waren bevestigd, stond bij de deur op wacht.

Toen hij luitenant Wahrenfels zag naderen, ging de schildwacht stijf rechtop staan en maakte zijn weg vrij. Er kwam snel een verpleger.

'De majoor wacht op u, mijn luitenant. Hier, alsjeblieft.

De luitenant ging het terrein van de "isba" binnen, verdeeld in twee delen door een gordijn dat het van deel tot deel doorkruiste. In de eerste zag je het veldbed van de majoor en een paar toiletartikelen. In de meest gereserveerde had hij zijn operationele kaarten en plannen, op een brede tafel gelegd.

Luitenant Wahrenfels wachtte respectvol tot zijn baas hem uitnodigde, wat de majoor deed door het gordijn half te openen en te zeggen:

'Ga je gang, luitenant. We moeten praten.

Majoor Braun was een man van superieure gestalte, sterk en gezond. Hij was in de veertig en er was een zeker stempel van onderscheid op zijn hele persoon, evenals een ongewone energie en dynamiek. Hij gebaarde dat de luitenant moest gaan zitten en overhandigde hem een pakje sigaretten.

"Je rookt", zei hij. Het is van het grootste belang wat mij ertoe heeft aangezet u te bellen. Het gaat om niets minder dan het verzekeren van onze superioriteit in de sector. Zoals je misschien al weet, bezetten de eerste en tweede secties van het vierde bedrijf een richel voor Novo Skolki. Vanaf de richel in kwestie domineren we de snelweg Kolpino-Leningrad, waardoor het moeilijk of zelfs onmogelijk is om erover te reizen. Nu heeft de vijand, die ongetwijfeld zijn verkeer wil vergroten, te oordelen naar enkele symptomen die tegenwoordig worden waargenomen ... en die geur behoorlijk slecht voor mij, zojuist een batterij zware mortieren verzameld die ons sinds gisteren zonder rust lastigvalt ... Maar het zal beter zijn dat we dit plan in acht nemen 'en hij overhandigde de luitenant er een waarin de vijand en zijn eigen posities waren gemarkeerd met verschillende kleuren. Hij keek naar de luitenant,

'Goed, mijn commandant,' zei Wahrenfels, van tevoren wetend waar die preambule toe zou leiden. " En jij wilt ...

'Weg met die mortieren', besloot de majoor, kort na een korte pauze toevoegend: Ik denk niet dat het moeilijk zal zijn voor je jongens... het is wat ze noemen een 'klein uitstapje om te grazen'. Maar wees voorzichtig en zonder al te veel poespas. Ze zullen met de grootste stilte naderen. Ze zullen de schildwachten en batterijbedienden uitschakelen en uitgestelde explosieladingen plaatsen. Trek je dan met maximale snelheid terug en keer terug van precies dezelfde plaats waar je begon ... dat wil zeggen, de richel. Onze artillerie zal alert blijven voor het geval het nodig is om ze te beschermen met een inperkingsbarrière. Lanceer in een mum van tijd een groene raket, met een vertraagde val. Probeer slim te zijn, en dat niemand achterblijft. Als je een of twee gevangenen kunt meenemen, doe dat dan alsjeblieft. Ze zullen altijd dienen om enkele gegevens te verstrekken.

Majoor Braun stond op. Hij deed een paar stappen door de kamer terwijl hij aan zijn sigaret zoog en voegde eraan toe toen de luitenant opstond en zich klaarmaakte om te vertrekken:

'Je weet niet hoe erg het me spijt dat ik je rust zo abrupt heb onderbroken. Maar in het onderhavige geval heb ik een patrouille nodig om de zaak binnen een paar minuten af te ronden, zonder alarm te slaan in de sector... Veel succes, luitenant.'Hij stak een hand uit die de luitenant krachtig schudde.' En als hij terugkomt, heeft hij misschien een verrassing voor de jongens.

De luitenant salueerde en vertrok. Terwijl hij naar de kazerne liep, nam hij in gedachten de instructies die hij had gekregen nog eens door, in een poging geen details te vergeten. Toen hij de deur van het kamp passeerde, stonden de grenadiers op en stonden in de houding. Rudi, Alf en Bert keken elkaar spottend aan. Ze wisten precies waar het over ging, voordat hun baas zijn mond opendeed.

'Jongens' begon de luitenant. Ik kom net van een ontmoeting met majoor Braun... En het spijt me je te moeten zeggen dat de pauze voorbij is... tenminste voor vandaag. We hebben voor vanavond een "weide-excursie". Om zeven uur zullen we ons met complete uitrusting bij de ingang van de accommodatie vormen. "Feldwebel" Engerling, zorg voor munitie en ga verder met een algemene beoordeling. Laat de jongens hun wapens schoonmaken en invetten... en laat niemand de machete vergeten.

Dat gezegd hebbende, trok de luitenant zich terug en reikte naar de rand van zijn pet.

"Verdomme! Rudi gromde. Wat moet je nu in godsnaam doen? En ik had zo'n dringende zaak...!

Hij zette zijn hoed op, maakte haastig zijn riem vast en voegde eraan toe:

"Ik kom snel!

'Hé! Waar ga je heen?' vroeg Bert terwijl hij opstond.

"Als ze naar me vragen, zeg dan dat ik een paar minuten weg ben, gewoon om...

"Ik, in jouw plaats" Alf onderbrak hem ", ik zou opschieten. Je weet al dat de luitenant geen grappen toegeeft als het nodig is om te handelen.

'Maak je geen zorgen,' zei Rudi. Je merkt het niet eens.

En dat gezegd hebbende, verdween hij.

* * *

Katia kwam en ging tussen de tafels en bedient de eerste klanten van de middag. Maar hoewel schijnbaar in beslag genomen door haar taak, vlogen haar gedachten ver weg in de richting van de mannelijke gestalte

van Rudi, die ze zich op dat moment voorstelde, liggend op zijn bed...
ook aan haar denkend. Maar misschien is het beter om dit nutteloze
avontuur te beëindigen. Het lot van een soldaat is zo onzeker...! En toen
Rudi wegging, zouden ze elkaar waarschijnlijk nooit meer ontmoeten.

Een schaduw blokkeerde de deur. Katja keek op. Rudi keek haar
vanuit de deuropening aan. De jonge vrouw glimlachte naar hem en hij
maakte een kort gebaar om haar uit te nodigen.

"Katia" zei de grenadier, eens waren ze een beetje ver van de "isba" ".
Vanavond ... Ik moet naar buiten. We zullen over een tijdje vertrekken.
Maar eerst zou ik je één ding willen vragen ... "Hij aarzelde. Ze keek
hem diep ontroerd aan. "Ik zou graag je belofte willen dat als een
verdomde tanker "zijn tanden op elkaar knarst" de liefde met je
bedrijven, aan mij denkt en hem afwijst.

"Beloofd, Rudi" antwoordde ze, kijkend naar zijn gezicht. Je blijft
niet lang weg, hè?

"Ik geloof het niet. En als ik terugkom...

Ze hielden elkaars hand vast.

'Tot ziens, Katia. Of liever gezegd, tot ziens... 'Auf wieder sehen.'

"" Dosvidania, Rudi. "En wees heel voorzichtig.

"Maak je geen zorgen lieverd. De Wahrenfels-patrouille is de
gelukkige patrouille. Ik heb nog nooit naar het ziekenhuis kunnen
worden gestuurd om een tijdje te rusten ... Ik mis het!

* * *

Alf en Bert begroetten hun kameraad met verwijten en sarcasme.

'De 'feldwebel' vroeg naar je, en we moesten hem vertellen dat je
wat ging drinken', zei de eerste.

'Nou, wie zegt dat ik dat niet heb gedaan? Ik was in de herberg. En
waarom naar een herberg gaan als je niet wilt drinken?

"Stop met ironie. Hoe zit het met je Russisch? Heb je veel gehuild?

"Niet. Omdat de afwezigheid een korte tijd zal duren...

'Zolang een of andere tanker het maar niet verovert.

"Er zijn geen tankers voor Rudi.

Nou, jongens. Less talk "kwam tussenbeide bij de" feldwebel "". En jij Rudi, probeer niet zonder waarschuwing te verdwijnen, zoals onlangs. Ik heb geen zin om complicaties te hebben met de baas.

Om zeven uur stond de patrouille met de complete uitrusting in de rij voor hun accommodatie. Luitenant Wahrenfels verscheen met rigoureuze stiptheid. Zijn inspectie was kort. Er klonk het gebrom van een motor en al snel stopte er een vrachtwagen voor de grenadiers.

'Omhoog! Beval de luitenant.

Ze schikten zich op de best mogelijke manier en binnen een paar minuten bewoog de vrachtwagen zich naar voren, waaruit roodachtige flitsen kwamen, vergezeld van de schorre dreun van artilleriegranaten en het verre gekletter van machinegeweren.

HOOFDSTUK V

Toen ze ongeveer vier kilometer van de frontlinies waren, gingen de veiligheidslichten van het voertuig uit en ging het voertuig in volledige duisternis verder naar de commandopost van het bataljon. De luitenant daalde af om zijn superieur, die van tevoren door de kolonel van het regiment was gewaarschuwd, in te lichten. De gedachtewisseling was erg kort.

'We zullen paraat staan voor het geval het nodig is om hen te helpen,' zei majoor Baer. Vergeet in een mum van tijd niet de groene raket te lanceren. De telefoon is klaar en de kanonnen gericht op die vrolijke versterkte batterij.

'Op uw bevel, mijn commandant... En totdat we terugkeren.

"Dag. Veel succes," antwoordde majoor Baer, saluerend.

Luitenant Wahrenfels riep zijn mannen. Toen hij zich eenmaal om hem heen had verzameld, vertelde hij hen over de belangrijkste details van de operatie.

"Kortom," verklaarde hij, "we kunnen deze inval" stil en effectief noemen. " Ons primaire doel is om schildwachten en bemanning te elimineren zonder onnodige ophef te veroorzaken. Zodra de "luidsprekers" zijn verwijderd, zullen we overgaan tot het plaatsen van dynamietladingen op de juiste plaatsen. De terugtrekking zal op dezelfde manier gebeuren. Als er gevaar of de vijand slaat alarm, Schmit zal een groene raket lanceren... en pas op voor kleurverwarring, hé jongen?.

Een schakel had de leiding om hen naar de richel te leiden.

'Het wordt kinderspel,' zei de korporaal, terwijl de groep vertrok. Ik durf te wedden dat we ze slapend aantroffen.

'Ik zou in jouw plaats niet te veel opscheppen,' zei Bert. Herinner je je die keer dat...?

"Stilte! "Beval de luitenant." Genoeg opmerkingen! Zodra ik er een hoor spreken, stuur ik hem twintig meter naar de voorgrond. 'Feldwebel', laat het wachtwoord maar: 'Flakbatterie' rondgaan.

De grenadiers kwamen dichterbij en probeerden geen lawaai te maken met hun voetstappen. Bij het bereiken van de door zandzakken beschermde buitenposten, maakten ze hun wapens gereed en controleerden ze de handbommen die langs de gordel waren verspreid. Op een teken van de luitenant rukten ze op naar de draad. De verbinding gaf de bestaande doorgang op zich aan en de luitenant nam er nota van om niet te verdwalen als ze terugkwamen. De nacht was somber. Rudi bemachtigde het magazijn van zijn 'machinepistool'.

Eenmaal in "niemandsland" verdubbelden de voorzorgsmaatregelen. Gehurkt kwamen ze naar voren. De luitenant oriënteerde zich met zijn lichtgevende zakkompas. Het was noodzakelijk om te naderen zonder dat de vijand iets vermoedde. De batterij bevond zich ongeveer tweehonderd meter verder, iets naar links. Een lichtgevende raket ging de lucht in en de grenadiers wierpen zich als één man op de grond. Een machinegeweer vuurde een salvo boven hun hoofden af. Ze sleepten voort. Het was noodzakelijk om de vijandelijke loopgraaf over te steken, omdat de batterij iets verder naar achteren was, en dan terug zonder het minste geluid te maken. Het succes of falen van het bedrijf hing ervan af.

Op een teken van de luitenant strekten de grenadiers zich doodstil op de grond uit.

'Stuur een verkenner', fluisterde Wahrenfels tegen de 'feldwebel'.

Deze tikte de dichtstbijzijnde grenadier op de arm, die naar de greppel kroop. De minuten gingen langzaam voorbij, waardoor het korte wachten een eeuwigheid werd. De ontdekkingsreiziger keerde in korte tijd terug.

'Een schildwacht houdt de wacht in de loopgraaf', zei hij.

'We moeten het elimineren' was het botte bevel van luitenant Wahrenfels.

'Rudi en Bert' mompelde de 'feldwebel'. En laat Alf ze dekken.

De twee kameraden knipoogden naar elkaar en kropen weg, terwijl Alf achter hem aan gleed met het "machinepistool" in de aanslag. Binnen een paar minuten waren ze terug.

'Hij viel als een kuiken,' meldde Bert.

De anderen glimlachten naar elkaar.

'Nu kunnen we ons niet vermaken,' zei de luitenant. Als ze ontdekken dat de schildwacht is geëlimineerd, geef ik geen sigaret voor onze huid.

Ze sneden de draad door met een speciale tang, voorzien van isolerende handgrepen in afwachting van mogelijke elektrische kabels, en staken de een na de ander over, springend over de onderdrukte schildwacht. De vesting was vanaf zo'n tweehonderd meter afstand te zien, perfect zichtbaar door de verstoorde aarde. Hoogstwaarschijnlijk hadden daar een paar man gestationeerd, terwijl de rest in een nabijgelegen hut sliep.

De luitenant hief zijn rechterhand op en de patrouille splitste zich in twee groepen, de ene onder zijn bevel en de andere onder de feldwebel. Tot de laatste behoorden Rudi, Bert, Alf en de korporaal. De eerste zou de bewakers uitschakelen en doorgaan met het plaatsen van explosieve ladingen. De tweede was gericht op het vernietigen van de mortierbemanning en het nemen van een of twee gevangenen, volgens de ontvangen instructies. De brigade maakte een gebaar en de groep bewoog, terwijl de luitenant in de tegenovergestelde richting wegliep. Ze maakten een kleine omweg. Na honderd meter afgelegd te hebben, ontdekten ze een heuvel, wat aangaf dat eronder de schuilplaats was. Rudi trok met zijn duim naar zichzelf en de veldwebel knikte.

Ze kropen naar voren. De stilte was absoluut. Slechts af en toe een geïsoleerd schot gelost. De twee groepen kwamen samen, de ene op de positie en de andere op de hut die er op zeer korte afstand van lag. Terwijl de feldwebel en zijn mannen het terrein bestudeerden, werden twee dreunen gehoord. De luitenant had net de bewakers van de stukken afgemaakt. Rudi liep alleen naar de deur en opende hem voorzichtig, duwend met de loop van zijn 'machinepistool'. Binnen was de sfeer niet te ademen. Vijf Russen sliepen diep, snurkend. Rudi schudde de eerste van hen, terwijl hij hem in zijn taal beval:

"Sta op, jongen! Om te ontlasten!

De soldaat kwam grommend overeind en zonder de lichten aan te doen, bond hij zijn holster vast en pakte zijn geweer. Aan weerszijden van de deur stonden Bert en Alf met hun kleine schoffels op hem te wachten. Er werd geklopt en de Rus zakte op de grond. De overige vier kwamen met tussenpozen naar buiten, gewekt door Rudi, om een nauwkeurige slag op hun harde tanden te krijgen, met vernietigende en beslissende gevolgen, waardoor ze de een na de ander neerhaalden. De operatie werd met succes uitgevoerd, te midden van de meest volledige stilte. Vier Russen lagen op de grond toen Rudi naar buiten kwam en de vijfde soldaat duwde met de loop van zijn 'machinepistool'.

"Er is niet meer? Vroeg de 'feldwebel'.

'Er zit niets anders in dan bedwantsen,' antwoordde Rudi, terwijl hij zich krachtig krabde en de koele nachtlucht zo goed als mogelijk inademde. "Wat een geur! Nogmaals, ik zal een goed insecticide niet vergeten. En hij maakte een gebaar van fumigatie met de loop van zijn pistool.

Van zijn kant hadden de luitenant en zijn jongens het plaatsen van de explosieven al voltooid. De taak kan als voltooid worden beschouwd. Het enige dat restte was om zich in goede orde met de gevangene terug te trekken, zonder alarm te slaan. De greppel en de draad werden gekruist. Ze hadden honderd meter afgelegd toen achter hen geruchten klonken. De luitenant beval zich te haasten. Een machinegeweer begon te ratelen. Een raket ging de lucht in. Nog honderd meter. Plotseling schudde een verschrikkelijke explosie de grond. De mortierbatterij was vernietigd. Rudi glimlachte.

'Naar de race! Beval de luitenant.

Zonder alle voorzorgsmaatregelen in acht te nemen, kruisten de grenadiers op volle snelheid de afstand die hen scheidde van hun eigen loopgraven. Nu waren er al verschillende machines die vuur op hen spuwden.

"Heb ik de raket gelanceerd? Vroeg de grenadier die de leiding had over hen.

"Niet nodig", antwoordde de luitenant. We zouden nutteloos onze positie ontdekken en aan de andere kant lijkt het mij dat de onze al is begonnen te handelen.

Inderdaad, intermitterende gloed scheen aan de horizon. In een paar seconden kruisten de artilleriegranaten hun hoofden met indrukwekkende fluittonen en een echte hel ontketende zich achter hen. Ze stonden bij het prikkeldraad. De luitenant kreeg zijn oriëntering. De pas was dichtbij. Ze gaven het wachtwoord en binnen een paar seconden sprongen ze allemaal in de greppel.

Een korte inspectie en de luitenant beval:

"Naar huis!

"Home Sweet Home! "Zuchtte Rudi." Wat is mijn Rus aan het doen? "Hij voegde eraan toe, terwijl hij zijn pijp tevoorschijn haalde en hem met tabak vulde terwijl de groep de loopgraaf verliet.

'Wat ga ik lekker slapen!' mompelde Bert met een enorme geeuw.

HOOFDSTUK VI

De volgende ochtend liet luitenant Wahrenfels zijn grenadiers trainen om hen te informeren dat ze op bevel een week van absolute rust zouden genieten.

'Majoor Braun heeft het me net verteld', informeerde hij hen. Dit is de verrassing die ik voor je in petto had. Ze zijn tevreden over onze prestatie, waar ik alleen maar trots op ben. We zullen slechts een paar uur per dag theoretische oefeningen doen en de rest van de tijd is voor jou... Ik hoop dat het niet te lang zal duren. En nu, breek de rangen en veel plezier daar!

De grenadiers juichten, Rudi, Alf en Bert sloegen elkaar hard lachend.

"De gelukkigste is Rudi", zei Alf. Hij heeft tenminste een vriendin om mee om te gaan.

"Kunnen we het niet hebben? Vroeg Bert. Heeft deze verbijsterde man geloofd dat alleen hij ze verovert? Van nu af aan laat ik je zien dat ze ook voor mij smelten.

'Hou je mond, stuk tonijn! Waar ga je heen met dat gezicht?

"Heb je geloofd dat je een of andere Adonis bent?

'Ik ben Apollo in eigen persoon,' pochte Rudi, zijn borst opblazend en zijn pet draaiend.

Toen ze in de buurt van de herberg kwamen, zagen ze Katia naar buiten komen met een mand met vuile kleren. Rudi siste en het meisje draaide haar hoofd om. Een uitdrukking van diepe vreugde was op haar gezicht geschilderd.

'Waar ga je heen, schat? Vroeg Rudi.

'Nou, naar de rivier om te wassen.

"Mag ik met je mee?

'Nee. Je kunt maar beter naar binnen gaan voor een drankje. Ik denk dat het je prima zal staan.

'Als je het niet serveert, zie je er voor mij uit als vergif.

'Mijn vader zal het voor je serveren. Ik ben zo terug.

'Kom op, Rudi. Ga met haar mee', zei Alf. 'Waarom zoveel schijn?

"Ik heb geen zin om te gaan wandelen", antwoordde de eerdergenoemde. Laten we wat drinken.

De drie gingen het pand binnen. De oude Ivan zorgde voor de soldaten.

"'Wodka', 'wodka' en 'wodka'" vroeg Bert, wijzend op zichzelf en de anderen.

De oude man knikte. Kort daarna kwam hij met een bril en een fles sterke drank. Rudi bediende zijn twee vrienden. Hij probeerde zorgeloos te lijken, maar zijn gedachten waren gefixeerd op Katia, die op dat moment bij de rivier zou zijn, op een bepaalde prachtige plek bedekt met hoog gras en gestreeld door de wind. Er ging een half uur voorbij. De plaats werd levendig en de meeste tafels waren al bezet. De rook drong alles binnen. Opeens stond Rudi op.

"Ik ga daar een wandeling maken", zei hij. Ik wil wat frisse lucht inademen.

"Frisse lucht? "Herhaalde Bert en Alf, elkaar aankijkend met een sluwe glimlach." Kom op, ga. En hoe langer het duurt, hoe beter... voor jou.

Rudi ging de straat op. De zon scheen aan de hemel. Groepen soldaten kwamen en gingen pratend en lachend. De oorlog leek heel ver weg onder die prachtige hemel, in dat stille en vredige dorp. Rudi nam het rivierpad. Hij liet de laatste huizen achter, daalde de oever af en vervolgde zijn weg stroomopwaarts. Op die plaatsen groeide een dichte vegetatie. Hij heeft nog een heel eind gelopen. Plotseling zag hij haar, gehurkt bij het water in een kleine poel. Hij floot van verre om haar niet bang te maken. Toen ze hem zag, stond ze op en ging hem tegemoet.

Ze hielden elkaars hand vast.

'Hoe gaat het met je, Rudi? Is er niets met je gebeurd?

"Je ziet dat ik heel ben", antwoordde hij, een beetje bewegend zodat ze hem naar haar genoegen kon aanschouwen.

"Ja, ja" zijn blauwe ogen straalden van vreugde. Ik heb veel aan je gedacht. En jij? Herinner je je die arme Katia nog?

'Wat als ik het me herinner? Ik dacht aan niets anders dan je zo snel mogelijk weer te zien... hier, bij de rivier... wij tweeën.

'Nee, Rudi. Wat heeft het voor zin om ijdele illusies te voeden? Op een dag ga je weg, om nooit meer terug te keren... en ik zal hier blijven, met alleen jouw herinnering.

Rudi kneep stevig in haar handen. Ze waren op een rustige en afgelegen plek, de zon die al onderging vergulde de lucht en er waaide een zwak en aromatisch briesje. Hij probeerde haar naar zich toe te trekken, maar ze verzette zich. Hij had haar bij de armen genomen. Ik wilde haar kussen. Hij voelde de zachte geur van de jonge vrouw zijn zintuigen binnendringen. Katia rukte zich los en deed een paar stappen weg.

'Nee, Rudi, nee,' zei hij. Het zou nutteloos zijn. Ga met je vrienden. We zien je later.

Rudi liep chagrijnig naar de weg. Hij wachtte op haar bij de brug. Even later zag hij haar aankomen met haar mand met kleren. Hij pakte een handvat en samen liepen ze naar de herberg. Hij liet haar alleen naar binnen gaan en kort daarna deed hij dat ook.

Alf en Bert hadden het grootste deel van de fles uitgedeeld. Er was een nauwelijks ingehouden euforie in hen.

'Hoe is het gegaan, jongen? vroeg Bert met een knipoog.

"Het lijkt erop dat hij het gezicht van weinig vrienden heeft", merkte Alf van zijn kant op.

"Heb je gevochten?

'Hou je mond, idioten! 'riep Rudi uit, terwijl hij een vuist op tafel legde.' En jij, oude man, breng nog een fles mee.

Ze bleven drinken. Een Russisch meisje was een melancholisch lied van het land begonnen te zingen en ze hielden het ritme met hun hoofd vast. Katia bleef binnen en vermeed naar buiten te gaan. Bert en Alf waren een beetje duizelig. Rudi dronk langzaam de fles leeg zonder dat dit effect had op de drank. Hij was gewend aan drinken en pochte op zijn uithoudingsvermogen. Bij die gelegenheid had hij echter liever gezien dat de extreem sterke drank zijn hoofd zo snel mogelijk zou storen, totdat hij hem deed vergeten dat Katia niet had gewild dat hij haar in zijn armen hield.

Het was laat in de nacht toen ze met z'n drieën het pand verlieten. Ze liepen arm in arm, met een ietwat onzekere stap, luid zingend. Een patrouille passeerde hem.

"Zij zijn de" onafscheidelijke drie "", merkte een soldaat op.

"Te opschepperig", voegde een ander eraan toe. Zeker! Wat zijn ze zo verwend! Die grenadiers denken...

„Zou je doen wat zij doen? „De korporaal viel hem in de rede." Je kunt maar beter je mond houden, idioot!

Alf, Bert en Rudi liepen op straat. Toen ze de kazerne bereikten, verdubbelden ze hun geschreeuw en dwongen de schildwacht hen te bevelen stil te zijn. Ze kwamen in rep en roer het pand binnen. De "feldwebel" beval hen zich te melden.

"Is dat het voorbeeld dat je weet te geven? Hij 'kreunde'. Gelukkig hebben we rust en wil ik je niet lastig vallen, anders...

Rudi trok de hoed tot aan zijn ogen.

Hé, veldwebel! "Vertelden hem". Heeft een jonge vrouw je nooit pompoenen gegeven?

De "feldwebel" was rood van verontwaardiging. Twee grenadiers stonden op en grepen de drie kameraden bij de arm en dwongen hen op hun bed te gaan zitten. Rudi ging op de zijne liggen. Lange tijd cirkelde de figuur van Katia door zijn brein en nam vreemde vormen aan. Zodra hij haar liefdevol en bezorgd naar hem toe zag komen, scheidden haar rode lippen zich in een glimlach, alsof ze nors en vijandig wegliep tussen het torenhoge gras van de rivieroever. Hij sliep heel slecht en had nachtmerries. Hij droomde dat hij en Katia elkaars hand vasthielden door een betoverende plek. Plotseling was de lucht bedekt met dreigende wolken, bliksem flitste en in zijn felle licht viel een vreselijke zwarte persoon, met een witte schedel op zijn voorhoofd, hen aan en probeerde Katia mee te nemen. Rudi worstelde op zijn bed,

Alf en Bert waren wat verder aan het snurken. Rudi bleef lang wakker. Buiten klonk het geluid van voertuigen die op de weg reden, en in de verte wees een gedempt geluid op de aanwezigheid van de voorkant. Hij deed zijn best om te slapen. Duizend beelden doorkruisten zijn brein. Tegen het ochtendgloren overviel hem een zware slaap en weldra viel hij in een diepe en onrustige slaap in slaap.

HOOFDSTUK VII

Een geweldige schok maakte hem wakker. Luide explosies deden het gebouw schudden. De ruiten waren verbrijzeld. De grenadiers waren uit hun kooien opgestaan en probeerden zich zo goed mogelijk tegen de dikke muren te beschermen. Dichte rook drong alles binnen. De explosies volgden elkaar zonder onderbreking op en veranderden het rustige dorp in een hel van vlammen en geschreeuw.

Alf, Bert en Rudi renden in de richting van een loopgraaf die op korte afstand van het huis was gemaakt, als toevluchtsoord. De ijzeren storm woedde voort met ijzingwekkend gehuil en afschuwelijke ontploffingen die de grond deed schudden.

'Het is de 'eenentwintig', zei Bert. Maar hoe is het mogelijk als er tot voor kort alleen artillerie van gemiddeld kaliber in de sector was?

'Ze zullen ze tegenwoordig hebben vervoerd,' zei Alf onbewogen.

"Dit geeft aan dat de trein weer achter de Russische lijnen rijdt. Maar had onze luchtvaart de baan niet vernietigd? vroeg Rudi.

"De luchtvaart denkt altijd dat het alles vernietigt", zei Bert. Maar hij vliegt te hoog. Er is geen manier om aan de grond te blijven en een goede lading explosieven op de juiste plaats te plaatsen.

Het gebrul van de schokken hield aan. De dorpelingen renden verschrikt alle kanten op. Sommige "isba's" begonnen te branden.

'Als er iets met Katia gebeurt...! dreigde Rudi, knarsetandend.

Een meisje was gestopt op korte afstand van de loopgraaf waar de drie grenadiers hun toevlucht hadden gezocht. Ze huilde oncontroleerbaar en keek alle kanten op op zoek naar iemand die haar kon beschermen. Een projectiel explodeerde zo dicht bij het wezen dat zijn kleren huiverden van de verplaatsing van de lucht. Rudi legde beide handen op de rand van de loopgraaf, klaar om hem te hulp te komen.

'Waar ga je heen, idioot? Vroeg Bert geschrokken.

'Op zoek naar dat meisje... En dan, om mijn Katia te zien.

Hij sprong uit de schuilplaats en rende naar het meisje toe. Hij greep haar uit haar evenwicht en leidde haar naar zijn twee kameraden.

"Hou het daar bij je", zei hij tegen hen.

En hij vertrok weer, onverschrokken door de rook en granaatscherven. Hun eigen artillerie bereidde zich voor om te antwoorden. De glimmende monden van de batterijen kwamen langzaam in de juiste hoek omhoog. De bedienden met de opengewerkte helmen positioneerden zich strategisch rond de stukken. De granaten werden snel verspreid. De stakers waren gearrangeerd. Er waren dertig zwaar kaliber kanonnen in de sector, naast enkele langeafstandsmortieren waarvan de projectielen enorme trechters openden en in staat waren om de meest solide gebouwen en vestingwerken met een enkele slag neer te halen. Op een signaal braakten alle stukken hun lading uit. Er was een afschuwelijk gesis in de lucht en binnen enkele seconden sloegen de projectielen als vernietigende monsters neer op de tegenoverliggende artillerieposities.

Alf en Bert bleven in hun opvang bij het verlaten meisje. Sommige ambulances gingen naar de stad. De vijandelijke artillerie spreidde hun schoten en na een half uur was het vuur volledig gestaakt. Verschillende huizen stonden in brand en de inwoners van Novo-Skolki maakten zich op om de branden te bestrijden. Alf en Bert verlieten het asiel, klaar om deel te nemen aan de reddingstaken, zoals alle soldaten met verlof. Het bombardement had veel slachtoffers gemaakt onder de burgerbevolking. De hartverscheurende scènes volgden en brancards passeerden met lijken bedekt met dekens. Enorme trechters gingen open in de straten en een dikke mist en de geur van buskruit en triliet hing nog in de lucht.

Op zijn commandopost was majoor Braun aan de telefoon met de kolonel van het regiment.

"Mijn kolonel, we hebben zojuist een enorm bombardement ondergaan door de vijandelijke artillerie. Dit zijn kanonnen van zwaar kaliber die tot nu toe geen teken van leven hadden getoond in deze sector. Ze zijn ongetwijfeld net getransporteerd en geplaatst. Het lijdt geen twijfel dat de trein weer achter de Russische lijnen rijdt.

"Goed, commandant", antwoordde de kolonel. We zullen het rapport doorgeven aan de afdeling. Bouw ondertussen enkele schuilplaatsen voor de soldaten en de burgerbevolking.

"Op uw bevel, mijn kolonel" en majoor Braun hing de hoorn op en ging onmiddellijk verder met het geven van de relevante instructies voor de uitvoering van het ontvangen bevel.

* * *

Rudi was als een gek weggelopen, de explosies om hem heen negerend, de grond schuddend alsof er een aardbeving plaatsvond. Een van hen gooide hem tegen de muur van een brandende "isba" en een dikke boomstam viel in vlammen op enkele centimeters van zijn hoofd. Rudi vervolgde zijn loopbaan in de richting van de taverne. Het interieur werd binnengevallen door dikke rook van een nabijgelegen brand. Er was niemand in de buurt. Vijf projectielen tuimelden met een angstaanjagend gebrul de straat op. Rudi ging naar buiten. Katia moet zich in de buurt hebben schuilgehouden. Hij verliet de weg en ging het veld in. In de ravijnen zag je een flink aantal mensen ineengedoken met hun gezichten tegen de grond. Hij ging een lange weg om alles te inspecteren. Eindelijk, naast een eminentie van het land, zag hij Katia. Ze lag op de grond en probeerde zichzelf zo goed mogelijk te beschermen. Hij sprong naast haar. De jonge vrouw slaakte een kreet van verbazing.

"Hoe gaat het met je, Katia?" Zei hij. Is er niets met je gebeurd?

'Niets anders dan de afschuwelijke angst die ik doormaak.

Het trilde als een blad. Rudi kwam dichter naar haar toe, sloeg een arm om haar middel en trok haar tegen zich aan. De minuten gingen langzaam voorbij. Maar voor de twee geliefden had het bombardement opgehouden te bestaan. Ze leefden in een droomwereld die niets te maken had met projectielen die op korte afstand explodeerden, angstkreten, rook van explosies en het instorten van bescheiden huizen.

* * *

Alf en Bert hielpen een oudere vrouw uit het puin en legden haar vervolgens op een brancard. Ze liep ernstige brandwonden op en twee soldaten brachten haar met spoed naar de noodkit. Sommige ambulances vertrokken al naar het dichtstbijzijnde bloedziekenhuis.

'Waar is Rudi geweest? Vroeg Alf even stil te staan om alle kanten op te kijken.

'Hij zal in een schuilplaats zijn,' zei Bert ironisch en maakte een golvend gebaar met zijn handen.

"Ik had nooit gedacht dat een vrouw hem zo mokka zou maken!

"Hé kijk! Hier komt het!

Rudi was inderdaad aan het rennen. Zodra het bombardement stopte, overheerste zijn plichtsbesef, en nadat hij Katia gedag had gekust, rende hij de stad in, klaar om te helpen redden.

De drie kameraden bereidden zich voor op actie. Sommige huizen moesten worden gestut en andere dreigden in te storten. Het werk was zwaar en vermoeiend. Tegen de middag was de rook van de explosies volledig verduisterd, scheen een stralende zon en werden enorme trechters met verkoolde randen en brandende houtblokken op de grond achtergelaten als sporen van het enorme bombardement. De bevolking had een flink aantal slachtoffers geleden en verschillende soldaten raakten gewond, hoewel niet ernstig.

Bert, Rudi en Alf trokken zich met zwartgeblakerde gezichten en gescheurde uniformen terug in hun vertrekken. Kort daarna kwam luitenant Wahrenfels zijn troep inspecteren. Afgezien van enkele brandwonden en kneuzingen hadden de grenadiers geen ernstige schade opgelopen.

'Die geul moet worden verdiept en bedekt met boomstammen en aarde,' zei hij tegen hen. Op die manier zul je een beetje oefenen om in vorm te blijven, anders atrofiëren je spieren.

Gedurende de nacht bleef de Duitse artillerie met tussenpozen schieten op de vijandelijke stellingen. Er hing een zeker verontrustend gevoel in de lucht, alsof er belangrijke gebeurtenissen naderden. Een Russisch vliegtuig, met de lichten uit, vloog over de weg en liet enkele bommen vallen op naburige steden. De luchtafweermachinegeweren, die in de omgeving waren gestationeerd, reageerden door sporen van tracerkogels de lucht in te schieten. De waakzaamheid moest worden versterkt en enkele motorrijders circuleerden tussen de commandopost van het bataljon en de stad waar het hoofdkwartier van de divisie was gevestigd.

HOOFDSTUK VIII

Er gingen twee dagen voorbij. De stad was aan het herstellen van de schade veroorzaakt door de bombardementen. Het leven hervatte zijn normale ritme en als sporen van de ramp werden enkele ruïnes zwart door rook en de enorme gaten die werden geopend door de explosie van de projectielen. De soldaten met verlof liepen vrolijk door de straten en in de oude herberg van Ivan was het moeilijk om een vrije tafel te vinden.

Afgaande op bepaalde symptomen was het commando bezig die sector te versterken. Er was een compagnie geniesoldaten binnengekomen en na een kort verblijf in Novo-Litka vertrokken ze met hun werkvoorraad naar het front. De luchtafweerbatterijen die zich op strategische plaatsen bevonden, bleven alert. Een bataljon tanks gestationeerd in Krasnovardeisk stuurde enkele pantservoertuigen naar de omliggende steden. Blijkbaar probeerde de vijand actie te ondernemen om hun posities te verbeteren voordat de winter met sneeuw en ijs alle beweging onmogelijk maakte.

De stad Leningrad, omgord door de ijzeren strop van Duitse divisies, probeerde adem te halen. Alleen een spoorlijn verbond het met de buitenwereld via de kloof in het meer van Ladoga, gelegen in het noorden, richting de Finse grens, en via die ene communicatieroute kreeg de dichtbevolkte stad de nodige hulp. Het onderhouden van een dergelijke band met de buitenwereld was een uiterst belangrijke doelstelling voor de belegerden. De Duitse vliegtuigen dropten meedogenloos hun bommen op de spoorlijn, maar de onnauwkeurigheid van de luchtaanvallen werd verergerd door de snelheid waarmee de bataljons arbeiders de schade herstelden. Het verkeer, hoewel precair, ging door. En het bewijs hiervan was het recente bombardement van enkele steden, uitgevoerd met stukken van groot kaliber die onlangs naar het front waren getransporteerd.

Het opperbevel bestudeerde een plan gericht op de definitieve vernietiging van de spoorlijn. Toen dat eenmaal was geëlimineerd, kon de stad zichzelf niet langer dan een paar maanden in stand houden.

Ondertussen zetten de eenheden hun dagelijkse taak voort, wachtend op het moment om de aanval te lanceren. Er was een observatiepost ingericht in Novo-Litka, met ballonnen in gevangenschap, waarvan het zilverachtige oppervlak glinsterde in de zon.

Alf, Bert en Rudi verlieten halverwege de middag hun onderkomen. De sfeer was zacht en kalm. Mechanisch gingen ze op weg, hun stappen richting de herberg, Katia glimlachte naar Rudi en begroette hem met een opgewekt gebaar. Ze gingen zitten om glazen 'wodka' te drinken. Toen de jonge vrouw naderbij kwam, zei Rudi met gedempte stem:

'Waarom gaan we niet wandelen? Wil je dat ik buiten op je wacht, schat?

"Eto nevozmoino'Ze antwoordde in het Russisch. Maar later veroyatno. Ik laat het je weten.

Alf en Bert keken haar aan zonder het jargon te begrijpen.

"Wat stel je voor? "Vroeg de eerste." Iets wat we niet kunnen weten?

"Niets in het bijzonder, jongens. Even een rondje door de buurt lopen. Is er iets mis mee?

'Je hebt al genoeg vliegen voor ons, Rudi. Zoveel op en neer lopen komt om iedereen te schalen. Is het dat je van plan bent je door die jonge vrouw in de val te laten lopen?

"Katia is geweldig" zei Rudi terwijl hij met zijn ogen rolde en een diepe zucht slaakte.

"En zo naïef! 'Bert ironisch.' Kijk hoe ze flirt met die chauffeurs.

Inderdaad. Katia lachte om de grap van twee transportsoldaten die hun vrachtwagens buiten hadden achtergelaten, op de terugweg van de frontlinie. Rudi keek haar boos aan. Zijn ogen vuurden vonken af.

"Er is geen twijfel mogelijk", zei Alf. De jongen is jaloers. Ha! Ha! Ha!

"Niet doen! "Bert sneed hem komisch gealarmeerd." Provoceer hem niet. Ik wil niet dat de luitenant ons beveelt elkaar te slaan zoals gisteren.

Rudi stond op en liep naar de deur. Toen hij langs Katia liep, zei hij in het Russisch met een geïrriteerd accent:

'Ik wacht op je naast het laatste huis, bij de brug.

En hij begon te lopen om zijn nervositeit in bedwang te houden.

Het duurde lang voordat Katia kwam. Hij kwam met een gemakkelijke en vrolijke uitstraling. Toen ze hem bereikte, pakte ze hem bij de armen en zei lachend:

'Maar wat is er met jou aan de hand, mijn Rudi? Ben je jaloers? Maar als die jongens de zee van vriendelijk waren! Een van hen legde me uit dat...

'Het kan me niet schelen wat hij je uitlegde.

Hij pakte haar bij de arm en ze gingen het veld in. De avondschaduwen begonnen alles binnen te vallen. De hemel, zuiver blauw, werd donker en een ster scheen in de hoogte. Katia drukte zich tegen hem aan.

"Ik heb het koud" zei hij.

Rudi sloeg een arm om haar schouders. Hij voelde haar warme lichaam tegen het zijne drukken. De geur van haar haar bedwelmde hem. Ze stopten tussen een paar bomen, bij de beek. Katia ging op een heuvel zitten en Rudi deed hetzelfde naast haar. Ze hielden elkaars hand vast en keken elkaar in de ogen.

"Katia" begon hij ", ik ... ik hou van je. Ik begrijp dat het dwaas is, maar ik kan er niets aan doen. De andere avond, terwijl we aan het optreden waren, dacht ik alleen aan jou. En voor het eerst Tijd sinds ik in de oorlog was, wilde ik veilig en wel terugkeren... gewoon om weer bij je te zijn... en met je te praten, zoals nu.

'Ik hou ook van jou, Rudi. Het lot heeft ons tegenover elkaar geplaatst. Oorlog is wreed, maar op een dag zal het eindigen, en dan kunnen jij en ik misschien voor altijd bij elkaar blijven ... Maar wat is het nut van illusies? Je gaat weer weg en ik blijf hier en denk aan je terugkeer. Misschien keer je terug naar je land en herinner je je Katia nooit meer.

Tranen kwamen in haar ogen. Rudi trok haar zachtjes naar zich toe. Ze gaf toe. Hun lippen ontmoetten elkaar in een kus.

'Wat er ook gebeurt,' fluisterde hij, 'ik zal altijd van je houden. Ga je mee, hè Katia? Je zult zien hoe blij we zullen zijn als dit allemaal voorbij is en er weer vrede op aarde heerst.

Ze bleven lange tijd in diepe extase. Het was 's nachts al donker. De sterren fonkelden boven de hemel. In de verte klonk een bugel. Het gedempte geluid van vrachtwagens die over de weg reden bereikte hen.

'We moeten gaan,' mompelde Katia. Mijn vader zal zich ongemakkelijk voelen.

Rudi stond op, stak zijn handen uit en hielp haar overeind. Ze begonnen langzaam terug, zonder wakker te worden uit hun mijmering. De grenadier vergezelde haar tot aan de deur van de herberg. Ze kusten elkaar opnieuw in het donker.

"Tot morgen, Katia... En droom van mij.

'Tot morgen, Rudi.

Alf en Bert waren al in de kazerne, languit op hun stapelbedden toen hun kameraad arriveerde.

"Welke uren, vriend! Hoe was de show? De eerste zei.

Rudi gromde chagrijnig. Ik maakte geen grapje. Hij strekte zich uit op zijn mat en stond stil, starend in de ruimte.

"De beschuldiging houdt nog steeds stand," voegde Alf eraan toe. Je moet eens zien hoe laag een man kan vallen!

Hij draaide zich om en ging liggen slapen. Bert keek Rudi minachtend aan, pakte een krant en begon te lezen bij het zwakke licht van een gloeilamp.

Een ver gerucht werd waargenomen dat het beetje bij beetje naderde. Verschillende squadrons vliegtuigen doorkruisten de ruimte. De grenadiers luisterden aandachtig.

'Waar gaan die heen? Vroeg een van hen.

"Het kan me niks schelen," antwoordde Bert "zolang ze hier maar niet downloaden.

Het gerucht dreef weg. Het duurde niet lang of de grond schudde bijna onmerkbaar. De bommen ontploften boven de belegerde stad, terwijl tientallen zoeklichten de lucht afspeurden op zoek naar de aanvallende apparaten en de luchtafweergeschut hun granaatscherven in de lucht afvuurden, op zoek naar de stalen vleugels die hun pad markeerden met een spoor van dood en verwoesting. Bert deed het licht uit en na een tijdje lag hij vredig te snurken terwijl de vliegtuigen zoemden op hun weg terug naar buiten.

HOOFDSTUK IX

"Om te vormen!" Riep de 'feldwebel'.

Het was zeven uur in de ochtend. De grenadiers haastten zich om hun plaats in de gelederen in te nemen. De luitenant kwam getuige van de lijst. Een voor een antwoordden ze toen ze zijn naam hoorden. Het was slechts een routine die de luitenant oplegde, zodat hij de gewoonte van de kazernediscipline niet zou verliezen. Er werden enkele diensten aangesteld en de "feldwebel" zou orde op zaken stellen om de gelederen te breken, toen de luitenant hem met een gebaar tegenhield.

"Rudi, Bert en Alf komen naar mijn accommodatie", zei hij. Ik moet u een belangrijke kwestie meedelen.

'Wat wil hij in godsnaam? mompelde Rudi.

'Misschien hebben ze ons het eersteklas IJzeren Kruis en een vergunning voor Berlijn gegeven,' zei Bert met een grimas.

De luitenant liep weg en de drie grenadiers volgden hem. Het hoofd van de patrouille stopte toen hij de deur van zijn 'isba' bereikte.

"Kom binnen, jongens", zei hij tegen hen. We gaan wat drinken en kletsen.

"Zoveel vriendelijkheid maakt me bang" zei Rudi zacht.

Ze gingen aan tafel zitten en de luitenant begon zonder meer:

"De situatie is tegenwoordig enigszins gecompliceerd geworden. Blijkbaar hebben de Russen versterkingen die alleen tot hen kunnen komen door middel van de spoorlijn die we met alle middelen hebben geprobeerd te vernietigen, zonder tot op heden absoluut te zijn bereikt. Er kunnen zich echter onvoorziene omstandigheden voordoen die uw communicatie helpen verbeteren. Majoor Braun belde me gisteravond om me te vertellen dat het nodig is om iets te weten te komen ... En hiervoor zijn er maar twee systemen: een excursie maken door vijandelijk terrein, persoonlijk observeren wat er is gebeurd, of een hand slaan tegen de loopgraven , met enkele gevangenen om ons te helpen het raadsel te ontrafelen. De majoor en ik kwamen tot de conclusie dat drie vastberaden grenadiers het laatste kunnen doen zonder al te veel lawaai en tot volle tevredenheid van het commando. Ik dacht meteen aan jou. Vertel me eerlijk wat je denkt. Natuurlijk ga ik je niet dwingen en als iemand van jullie liever blijft, laat ze dat dan duidelijk zeggen.

'Kijk naar u, mijn luitenant,' antwoordde Rudi. Hij weet dat we van deze kleine klusjes houden. Hoeveel Russen wil je? Is twintig genoeg voor jou? En ik zal meer zeggen: als u mij machtigt, ga ik alleen.

Twee grote handen vielen op zijn schouders en stonden op het punt hem tegen de grond te slaan. Alf en Bert bedreigden hem met hun vuisten.

"Goed. Maak er geen ruzie over", zei de luitenant glimlachend. Jullie drieën zullen gaan en ik hoop dat je geluk hebt dat ze je "wodka" heeft geserveerd. "De operatie lijkt eenvoudig, maar het Commando hecht er buitengewoon belang aan. definitieve planning van sommige van de onderzochte operaties hangt af van de verklaringen van deze gevangenen, dus wees heel voorzichtig, behendig en voorzichtig.

Hij ontrolde een blauwdruk en instrueerde hen in de details van de staatsgreep. In het algemeen ging het om verrassende geïsoleerde schildwachten langs een loopgraaf die zich uitstrekte voor de posities van de vierde compagnie van het Tweede Bataljon en ze zonder enig geluid te brengen, of om een hele ploeg die in hun hut sliep te verrassen en haar om tussen de lopen van haar "machinepistolen" in de richting van haar eigen linies te lopen.

"Je glijdt als katten, en tenzij je zeker bent van succes, onderneem dan geen actie. Ik kom liever gezond en wel terug, met lege handen, dan gewond of gehavend met een of twee Rus. U neemt lichte uitrusting mee en vertrekt halverwege de middag richting de frontlinieposities. Kapitein Schmidt wacht op u.

"Wat denk je? "Vroeg Bert toen hij wegging." Dit is onze beroemde pauze?

"Nou" zei Alf. Ik begon me al te vervelen. Trouwens, het belooft leuk te worden, toch, Rudi?

'Natuurlijk. Aan de andere kant gaat het gewoon om het missen van een nacht. Zoiets als wanneer je in andere tijden een feestje met vrienden ging houden en niet voor zonsopgang terugkeerde.

Na de lunch bespraken ze hun uitrusting. Ze maakten zorgvuldig zijn 'machinepistool' schoon, controleerden de rand van de machete en sloegen handbommen in.

'Ben je van plan om naar Katia te gaan? vroeg Bert aan Rudi.

'Ja, maar ik zal je niets vertellen over de baan van vanavond. Wat heb ik eraan om het arme meisje te laten lijden?

Bij de kwartiermeesterwinkel verzamelden ze een lichte koude voorraad die ze in de kleine zijtas deden die aan de riem was bevestigd. Het zou half vier zijn als een vrachtwagen hen kwam ophalen.

Kapitein Schmidt schudde hen de hand toen ze de frontlinie bereikten.

'Ik vermoedde al dat jij het zou zijn,' zei hij. Gevolgen van zoveel roem genieten! Kom naar mijn hut, dan drinken we een glas cognac.

Eenmaal in de schuilplaats informeerde hij hen kort over de toestand van de geul waaruit ze zouden vertrekken en waardoor ze zouden proberen terug te keren.

Er ging een uur voorbij. Het was donker geworden. De kapitein belde een liaison. Ze schudden elkaar de hand.

"Veel succes, jongens" wenste je. En tot de terugkeer. Neem niet een heel gezelschap mee... We zouden niet weten waar we het moeten plaatsen.

De verbinding leidde hen naar de buitenpost. De nachtbeweging was begonnen. Losse schoten klonken en af en toe ratelden machinegeweren, hun speurkogels afvuurden. Ze kropen over het open pad in de draad. De posities waren zeer hecht en er moesten vanaf het begin voorzorgsmaatregelen worden genomen. Ze kropen als beesten voort door niemandsland. Met hun ogen recht vooruit gericht stopten

Rudi, Bert en Alf af en toe met inhouden van hun adem om beter te kunnen horen. De raketten stegen de lucht in, verstrooiden een paar seconden lang hun helse helderheid en gingen toen met een klik weer uit. Ze maakten een omweg om de vijandelijke loopgraaf op te stellen aan de kant die volgens de informatie van de compagnie het meest onbewaakt was. Toen ze voor de zandzakken kwamen, stopten ze om het terrein te bestuderen.

"We gaan op de volgende manier vooruit" zei Rudi met gedempte stem ": Een vanaf de bodem van de loopgraaf. Dit zal ik zijn. De andere twee hierboven, Alf aan de rechterkant en Bert aan de linkerkant. Doe vooral laat ze niet schreeuwen of schieten, of een alarmraket lanceren.Als we ze slaperig vangen, kunnen we er minstens vijf of zes meenemen.

Ze verdubbelden de voorzorgsmaatregelen. Bert struikelde over een blikken blik, vervloekt. Ze liepen vijftig meter met nauwelijks adem. De geringste onoplettendheid kan hen het leven kosten. De greppel naar een bocht. Aan de andere kant stak een schaduw in verwarring af tegen de verstoorde aarde. Rudi maakte een teken. Ze gleden als katten. Rudi was een paar meter van de Rus verwijderd. Hij hoorde iets en draaide zijn hoofd om.

"Kotori teper tchasse? vroeg hij, helemaal niet verdacht.

"Téper sefn" antwoordde Rudi kalm.

"Vrees me loutchné.

Hij wachtte ongetwijfeld op zijn opluchting. De loop van een "machinepistool" nestelde zich in zijn ribben, terwijl Rudi hem door opeengeklemde tanden beval:

'Stil of ik droog je uit!

De ogen van de Rus werden groot van verbazing. Over de loopgraaf werden nog twee "machinepistolen" op hem gericht. Het had geen zin om weerstand te bieden. Hij hief zijn armen en Rudi ontdeed hem van zijn wapens.

'Zorg goed voor hem, Alf. En pas op dat je hem niet laat ontsnappen.

Ze stonden op het punt verder te gaan toen voetstappen klonken in de loopgraaf. Er kwamen twee mannen aan. Rudi, Alf en Bert hadden zich op de grond uitgestrekt en de gevangene gedwongen hetzelfde te doen. Het waren de hulptroepen en een sergeant, die ongetwijfeld de posten inspecteerden. Bert stond op het punt te fluiten. Niets minder dan een sergeant! Na wat zandzakken wachtte Rudi tot het paar op de borstwering kwam. Hij gaf een seintje en drie "machinepistolen" stelden de Russen op een rij, één van boven en twee van beide kanten van de loopgraaf, aangezien Bert naar de bodem van de loopgraaf was gezakt om te voorkomen dat ze aan de andere kant naar beneden zouden vluchten. De Russen boden geen weerstand. Het was volkomen nutteloos.

Terugtrekking moest worden ondernomen, zonder enig alarm te veroorzaken. Ze gingen terug zoals ze gekomen waren. De avond was gevuld met geruchten. Een vijandelijke patrouille passeerde een korte afstand. Ze wachtten met gespannen zenuwen tot hij weg was. Bert bekeek even de omgeving. Ze kwamen uit de greppel. De terugkeer was extreem vermoeiend van het langskruipen om voor de gevangenen te zorgen. Zodra ze een eindje weg waren, zei Rudi met zachte stem tegen zijn twee kameraden:

'Goed jagen, hè? Majoor Braun gaat ons een vrolijke knuffel geven!

"Ik heb nog nooit in mijn leven iets gemakkelijkers gezien", zei Bert. Het was alsof ik in een hol reikte en drie konijnen aan de oren trok.

"Het goede eraan is dat niemand het zal geloven," voegde Alf eraan toe. Het verhaal zal een beetje gedramatiseerd moeten worden. Binnen een paar minuten konden ze het prikkeldraad onderscheiden. De schildwacht hield hen tegen en ze beantwoordden het wachtwoord. Kapitein Schmidt kon hun ogen niet geloven. Ze gingen door naar de plaats waar de vrachtwagen stond te wachten en rond middernacht verschenen ze met de drie gevangenen bij de commandopost. De verrasing van majoor Braun was enorm. Die jongens waren hun gewicht in goud waard. Ik schud je hartelijk de hand. Twee soldaten gewapend met "machinegeweren" leidden de gevangenen naar de regimentscommandopost, waar ze zouden worden ondervraagd. Kort daarna strekten Alf Bert en Rudi zich uit op hun matjes, klaar om rustig te slapen tot de nieuwe dag aanbrak.

HOOFDSTUK X

"Ik heb de luitenant toestemming gevraagd om naar Krasnovardeisk te gaan en hij heeft me die gegeven", vertelde Rudi die ochtend aan zijn vrienden, toen ze met z'n drieën de accommodatie verlieten.

'Wauw, man! riep Alf uit. En... ga je alleen?

"Nou... ik had heel graag gewild dat je met me meeging, maar eenmaal daar zal ik het behoorlijk druk hebben en...

'Goed. Goed. Trouwens, een uur geleden zag ik Katia in een vrachtwagen stappen. Zou hij ook niet naar Krasnovardeisk gaan?

Wat weet ik verdomme? Denk je dat hij me op de hoogte houdt van alles wat hij doet?

Ze stelden zich op bij de benzinepomp aan de uitgang van de stad, waar de meeste vrachtwagens die in die sector rondreden stopten. Al snel verscheen er een formidabele "Henschel" met aanhanger. Rudi maakte een teken. De vrachtwagen stopte om te tanken.

"Waar gaan jullie naartoe? Hij vroeg de chauffeurs.

"We zullen Krasnovardeisk bereiken en halverwege de middag zijn we terug.

"Prachtig! Ik ga met je mee.

Hij stapte in het voertuig. Andere soldaten zaten al binnen. Hij zwaaide naar zijn twee vrienden terwijl de vrachtwagen startte.

"Tot ziens!... En veel plezier! schreeuwde Alf tegen hem.

Rudi schudde minachtend de hand. Het was niet gemakkelijk om zijn vrienden voor de gek te houden. De truck hobbelde over de oneffen weg te midden van het monotone gebrom van zijn krachtige motor. Krasnovardeisk verdween na een uur achter de horizon. Het was een enorme en dichtbevolkte stad, waar Duitse divisies de diensten van de sector hadden geïnstalleerd. Soldaten, wier grijze uniformen vermengd waren met de vodden van de burgerbevolking, dwaalden altijd door de straten. De cafés waren altijd levendig en in sommige restaurants werden maaltijden geserveerd, hoewel tegen prijzen die alleen betaalbaar waren voor degenen die veel geld hadden.

Katia wachtte op hem, zoals de avond tevoren was afgesproken, op het centrale plein, voor de orthodoxe kerk, met zijn gouden Byzantijnse koepels. Ze was erg mooi in haar nieuwe jurk en haar hoofddoek, in de stijl van het land. Ze glimlachte naar hem en liet haar zeer witte tanden zien en liep met uitgestrekte armen naar hem toe. Ze liepen langzaam, genietend van het schouwspel van de stad. Ze gingen een of twee winkels binnen en Rudi overhandigde haar wat snuisterijen, die ze onder uitroepen van verrukking ontving. Later gingen ze eten in een restaurant. Zittend aan het witte tafelkleed staarden ze elkaar in de ogen. Een ober was bezorgd. Het menu was eenvoudig, maar het was een echte traktatie, gezien de omstandigheden. Rudi stond zichzelf toe een fles wijn te bestellen, waarvan ze langzaam nipten. Door de ruiten kon men de menigte in ononderbroken stroom zien komen en gaan. Na het eten gingen ze naar het park.

"Kijk eens wat een prachtige vijver! riep Katia uit.

Ze naderden het door groen omgeven water en beschouwden elkaar in zijn heldere weerspiegeling.

'Katia, weet je dat je er vandaag echt mooi uitziet?

De ogen van de jonge vrouw fonkelden van vreugde en ze kneep in Rudi's arm en kwam nog dichter naar hem toe. Ze veranderden lange tijd in stilte.

"Wat zou ik hier voor altijd willen blijven... bij jou! mompelde Rudi. In een stad als deze, waar je tenminste kunt wonen en waar de aanwezigheid van het front niet elk moment bedreigt.

'Heb geen hoop, Rudi, jij en ik kunnen zulke dingen niet eens bedenken. Jouw lot is om te vechten... en het mijne om op jou te wachten.

"Misschien ooit...!

"Vergeet dat we terug moeten naar Novo-Skolki. Laten we vergeten dat jij een soldaat bent en ik een Russisch meisje. Laten we profiteren van deze momenten en niet denken aan morgen.

"Ja. Misschien is het maar het beste" mompelde Rudi nadenkend.

Ze bleven tot halverwege de middag in het park. Opeens keek Rudi op zijn horloge. Je moest opschieten als je in dezelfde vrachtwagen terug wilde. Katia zou het wat later doen, met de dorpelingen met wie ze was meegekomen en die boodschappen deden in de stad. Ze kusten hartstochtelijk.

'Tot ziens, Katia. Als je vroeg terugkomt, zien we elkaar vanavond nog wel even, toch?

'Ik denk het wel, Rudi. Wacht op me bij de brug. Ik ga, al is het maar om je nog een kus te geven.

Rudi wachtte op de afgesproken hoek tot de vrachtwagen voorbij was. Deze liet niet lang op zich wachten.

'Hoe gaat het met je, grenadier? Vroeg een van de chauffeurs.

"In de stad heb je het altijd naar je zin", antwoordde Rudi, terwijl hij in de hut klom. Het nadeel is dat ze je niet langer dan een dag toestemming geven...

De vrachtwagen startte terug. Het vlakke, eentonige landschap trok langzaam voorbij aan Rudi's ogen, die wezenloos voor zich uit staarden en niets zagen. De kilometers gingen de een na de ander voorbij. De zware vrachtwagen bleef soepel en soepel rijden.

'Een sigaret?' bood de chauffeur aan.

Rudi stemde toe en zette hem aan. De rookwolken vulden de cabine beetje bij beetje. Rudi liet het raam een paar centimeter zakken. Plotseling hoorden zijn oren, gespitst met constante alertheid, een geluid dat boven het gezoem van het voertuig uitstak. De chauffeur keek hem vragend aan.

"Is er iets mis?" Vraag ik.

Rudi liet het glas zakken en stak zijn hoofd naar buiten. Er bestond geen twijfel over. Op korte afstand vond een enorm bombardement plaats, misschien in de richting van Novo-Skolki. Terwijl ze een kleine heuvel beklommen, breidde het landschap zich voor hun ogen uit. Een dikke rookwolk steeg boven de horizon op en bedekte een aanzienlijk stuk land. Onbewust versnelde de bestuurder. De explosies volgden elkaar op met een enorm geraas. Ondanks de afstand voelde je de grond trillen. Ze kwamen een paar kilometer verder. Bij het buigen van een bocht zagen ze de vlammen van de zwaar kaliber projectielen.

"Ze zullen geen huis hebben laten staan", zei de chauffeur. Laten we een paar minuten wachten. Ik wil mijn auto niet nutteloos blootstellen.

Het bombardement duurde nog een paar minuten. Toen werden de schoten meer gespreid, en eindelijk stopte het. Dichte rookwolk hing in de ruimte. De geur van buskruit bereikte hen. Veel huizen stonden in brand. Het voertuig bereikte de rand van de stad. De voorstelling was geweldig. Zeer weinig huizen bleven ongedeerd, Rudi sloeg op de vlucht. Mensen vluchtten in paniek in alle richtingen. Men zag verminkte lijken op straat liggen. Een alarmsirene slaakte zijn tragische gekreun. Rudi liep door het puin naar de kazerne. Alf en Bert ontmoetten hem. Hun gezichten waren zwart van de rook. Alle onderdelen van de patrouille bereidden zich voor om te redden hoeveel mensen er onder de ingestorte huizen lagen.

"Laatst was niets vergeleken met deze" zei Bert hijgend.

Met z'n drieën renden ze naar een plek waar geklaag en geschreeuw klonk. Rokende houtblokken moesten worden opgeruimd, muren moesten worden neergehaald en levende wezens en lijken moesten uit de ruïnes worden gehaald. Nauwelijks een ander huis was gespaard gebleven van het bombardement. De kazerne werd zwaar beschadigd.

'Het lijkt me dat ze de stad gaan evacueren', zei Alf. Dat is tenminste wat ik de luitenant heb horen zeggen.

Katia's huis was bijna verwoest. Slechts een klein deel zou worden gered, dat waar het pand stond dat bestemd was voor een herberg, en een deel van het huis van de eigenaren. Rad: voelde zijn hart samenknijpen. De oude Ivan staarde troosteloos naar de ruïne van zijn huis. Rudi klopte hem op de rug in een poging hem op te vrolijken.

De berging duurde tot laat in de nacht. Katia en Rudi herinnerden zich niets meer dan hun interview. De eerste was twee uur na het einde van het bombardement aangekomen. Ze huilde ontroostbaar bij de ruïnes en wijdde zich toen aan het verplaatsen en genezen van de gewonden met de andere vrouwen. SI-bombardementen hadden ook gevolgen voor verschillende naburige steden. De weg was gevuld met voortvluchtigen die naar achteren gingen met de bezittingen die ze van de ramp hadden kunnen redden.

Die nacht en toen er relatieve rust heerste over de stad, verzamelde de luitenant zijn mannen voor de ruïnes van de kazerne.

"Verzamel al je materiaal", zei hij tegen hen. Ik ben met spoed naar de commandopost geroepen. Als ik terugkom, moeten ze klaar zijn voor alles wat de kolonel beveelt.

En hij vertrok in een lichte auto die een eindje verderop op hem stond te wachten. De grenadiers hielden zich bezig met het bestellen van het materiaal en het oppervlakkig schoonmaken ervan. Gelukkig waren de wapens en munitie niet verloren gegaan.

'Ik voorzie gebeurtenissen' mompelde Rudi, geabstraheerd kijkend naar de plek waar de luitenant was afgedwaald... 'En niet goed trouwens.

HOOFDSTUK XI

'Kom binnen,' zei kolonel Weiss, toen de luitenant op de deur van zijn regimentscommandant had geklopt.

Luitenant Wahrenfels stond in de houding, kolonel Weiss wenkte hem en gebaarde hem te gaan zitten. Hij was een lange, gedrongen man, met bijna kortgeknipt haar, die onberispelijk gekleed was in een uniform waarin een veelvoud aan versieringen opviel, sommige verkregen in de Eerste Wereldoorlog, toen hij met de rang van luitenant diende in een regiment die opereerde voor landen van Frankrijk. Hij liep zwijgend naar een tafel en spreidde er een enorme kaart op uit. Toen wendde hij zich tot Wahrenfels, ging tegenover hem zitten en bood hem een sigaret aan.

"We moeten praten", zei hij. Hij was een man van weinig woorden en een intelligente en geabstraheerde uitdrukking". Het is niet nodig voor mij om de inleidende stukken van deze zaak in detail te treden, aangezien u zelf zojuist de gevolgen ervan heeft ondervonden. Kortom: de Russen hebben de spoorlijn Leningrad-Sestorjezc, die onze luchtvaart bijna volledig had vernietigd, weer in gebruik genomen en er rijden weer munitie- en materiaaltreinen op. De dikke artillerie vuurt opnieuw op onze posities. Dit geeft de mogelijkheid aan dat de vijand zich voorbereidt op een offensieve actie, proberend zich te bevrijden van de omsingeling of deze zoveel mogelijk te verlichten.

Hij zweeg een paar minuten, puffend aan zijn sigaret. Luitenant Wahrenfels luisterde aandachtig.

"Zoals u weet, wordt er vanuit Sestrorjezc, aan de oevers van de Ladoga, gecommuniceerd met de rest van het land dat nog niet is onderworpen aan onze wapens. Het gevaar dat dit met zich meebrengt voor onze toekomstige veiligheid is evident. Als er wapens en voorraden de stad binnenstromen, bevindt Leningrad zich misschien in een positie om een grootse operatie uit te voeren die we op geen enkele manier kunnen toestaan. Het hele probleem ligt dus in de vernietiging van deze spoorlijn, maar op een effectieve en volledige manier, zonder de vijand de mogelijkheid te laten hem te herbouwen totdat de lage wintertemperaturen de onderneming onmogelijk maken.

Luitenant Wahrenfels leunde achterover in zijn stoel. Hij begon het vooruitzicht leuk te vinden.

"Vliegtuigaanvallen", vervolgde de kolonel, "zijn altijd een beetje onnauwkeurig. Deze keer kunnen we niets aan het toeval overlaten. In een conferentie die vanmorgen met het divisiehoofdkwartier werd gehouden, waren we het erover eens dat het het meest effectief was om een patrouille te sturen die, zoveel mogelijk obstakels, bereikt de spoorlijn en plaatst er op verschillende plaatsen krachtige explosieven op, waarbij zoveel mogelijk uitgestrektheid wordt afgedekt... Het is niet voor mij verborgen dat de taak vermoeiend en riskant is, maar uw patrouille kan het, luitenant Wij geloven dat hij de enige is die daartoe bevoegd is.De verkiezing is een eer voor u.

De kolonel liep naar de tafel en gebaarde naar luitenant Wahrenfels om dichterbij te komen. De enorme kaart van de sector liep van de Finse Golf tot aan het Ladoga-meer en toonde in detail de smalle strook land waarop de stad ligt. Hij nam een liniaal en vervolgde:

'Let op, luitenant. Ons project is het volgende. Als je vragen hebt, verduidelijk ze dan. Zoals u kunt zien, komt de eerste lijn van Pertehof en gaat u over Pushkin verder naar Schlüsselburg. De vierde compagnie van het tweede bataljon is daar precies "hij wees met de heerser een plaats op het vliegtuig aan, vlakbij Pchira. Door die positie zal je je uitgang maken. De terugkeer... Ik laat het aan jou over. Ze zullen vier of vijf dagen lang een machinepistool met de bijbehorende munitie, "machinepistolen", mango- en ei-handbommen, schoffel en benodigdheden in geconcentreerde vorm bij zich hebben. Stel jezelf niet roekeloos bloot. Bereken al uw slagen nauwkeurig. Handel bij voorkeur 's nachts. Verstop je overdag en probeer te rusten. Vergeet de alarmraketten niet voor het geval je ze bij terugkomst nodig hebt. Bereid je morgen de hele dag goed voor. om acht uur klok 's nachts, zal een vrachtwagen hen naar de frontlinie brengen. Verlies het enorme belang van uw taak niet uit het oog en bedenk dat de hele divisie haar ontwikkeling zal volgen met het meest absolute vertrouwen dat in u wordt gesteld.

Ze waren allebei opgestaan, antwoordde luitenant Wahrenfels:

"Ik ben namens mezelf en mijn fractie dankbaar voor het vertrouwen waarop u zojuist hebt gezinspeeld en wees ervan verzekerd dat we zullen weten hoe we het tot schuldeisers kunnen maken.

Hij stond stijf rechtop en de kolonel schudde hem de hand.

'Veel succes, luitenant. Is alles duidelijk?

'Perfect, mijn kolonel, u hebt ons het probleem in grote lijnen uitgelegd. Laat onze accountgegevens achter.

Hij glimlachte, draaide zich om en verliet de kamer. Dezelfde auto die hem had gebracht, bracht hem terug naar Novo-Litka over de glooiende vlakte waar bomen hun kale takken naar de hemel hieven. Maar de luitenant verspilde geen tijd aan het overdenken van het panorama. Zijn hersenen hadden onvermoeibaar gewerkt vanaf het moment dat de kolonel hem had laten komen.

De missie die hem zojuist was toevertrouwd was een enorme verantwoordelijkheid voor hem. Een mislukking betekende de intensivering van de Russische verdediging, en de winter, die al naderde, verborg donkere en vage bedreigingen. De operatie zou met buitengewone zorg moeten worden voorbereid en niets aan het toeval overlaten.

In de richting van het front hoorde je de donder van artillerie die de vijandelijke verdediging verpletterde. De bestuurder wees naar links zonder de auto af te remmen. Verschillende squadrons vliegtuigen vlogen in formatie. Luitenant Wahrenfels keek toe met zijn veldtweeling. Het waren "Ju 87" bommenwerpers vergezeld van een sterke escorte van zeer snelle en krachtige "Messerchmidts 109".

"Het lijkt erop dat ze richting de stad gaan", zei de chauffeur.

'Inderdaad. Het front vrolijkt op, hè, jongen? Het werd tijd na zoveel maanden van stellingenoorlog. Dit verveelt iedereen.

'Je hebt nooit tijd om je te vervelen, mijn luitenant. Soms wil ik deze verdomde auto laten vallen en vragen om lid te worden van een verkenningspatrouille, zoals die van jou.

'Autorijden heeft ook zijn verdienste, mijn vriend. Vooral in bepaalde bijzondere omstandigheden ... En het lijkt mij dat deze zich zeer binnenkort voor u gaan presenteren.

De ruïnes van de stad waren al op de weg getekend. Ze gingen de hoofdstraat binnen, vrij van puin, maar nog steeds hard aan het werk, ruïnes opruimend en de grond opruimend. De auto stopte bij wat de patrouilleruimte was geweest. Voor de deur stonden allerlei voorraden opgestapeld.

"Nou jongen", zei de luitenant tegen de chauffeur, we zijn gearriveerd. Tot ziens ... en indien mogelijk in Leningrad.

De chauffeur salueerde. Zijn auto maakte een scherpe bocht en reed weer weg in de richting van waar hij vandaan kwam.

De grenadiers hadden de rest van het pand zo goed mogelijk geconditioneerd. Er werden zakken voor de ramen gehangen en de muren waren gestut. De "feldwebel" kwam het nieuws brengen aan zijn luitenant.

"Iedereen klaar voor een operatie. Ik zal morgenochtend als eerste beoordelen. Zij zullen de dag besteden aan de voorbereiding. De bewapening moet worden ingevet, de munitie moet worden geprepareerd en de zekeringen van de bom moeten worden gecontroleerd. Zorg voor dit alles en laat korporaal Schäfer voor de bevoorrading zorgen. Geconcentreerd rantsoen voor vijf dagen. Laat niemand zijn "ijzeren boerderij" vergeten. We vertrekken om acht uur. Geen afleiding of afleiding.

De veldwebel salueerde. Het was serieus deze keer. Aan de houding van de baas te zien was het een flinke klus. Hij liet de mannen trainen en deelde het ontvangen bevel door.

"Ik wilde dit verdomde stadje al verlaten" merkte Bert opgewekt op.

"Dit is ons ding! ' voegde Alf eraan toe.' Niets om Russen te vangen zoals konijnen, maar om met energie, moed en vastberadenheid aan te vallen. Deze keer komen ze erachter wie Alf Voss is! Ra, ta, ta, ta! Dat deed hij, zwaaiend met een denkbeeldig 'machinepistool'.

"Het festival gaat beginnen", zei hij. Rudi". En wij zorgen voor de voorbereiding van het vuurwerk waarmee het begint. Deze keer gaan we plezier hebben, dat verzeker ik je.

En hij spande zijn riem en voelde het pistool dat eraan hing.

HOOFDSTUK XII

Bij het eerste ochtendgloren vormde de groep zich op straat. De feldwebel Engerling, met zijn bruine gezicht, korporaal Schäfer, stil en kalm, de twee bedienden van het machinegeweer, Rudi, Alf en Bert en de andere vier grenadiers, allemaal stijf en stevig, met hun gepoetste laarzen, hun schone helmen en de doordringende en energieke blik op zijn baas gericht. Luitenant Wahrenfels gaf hen een grondig overzicht, waarbij zelfs de knopen op de krijgers niet werden gespaard, en ging toen verder met het uitleggen van de omvang en het doel van de overval. De grenadiers luisterden met de grootste aandacht.

'We zullen sluw moeten zijn als vossen. Geen roekeloosheid of nutteloze risico's. Perfecte coördinatie en veel discipline. Persoonlijke actie is alleen aan te raden in geval van echte problemen. Ik vertrouw op je intelligentie en je beslissing. Het opperbevel en de hele divisie hebben hun ogen op ons gericht... Ik zal je niet meer vertellen. Iedereen is hier om half acht, klaar om te gaan.

* * *

Om drie uur 's middags verscheen korporaal Schäfer met twee soldaten beladen met zakken, en begon de koude voorraad te verdelen. Elke grenadier kreeg een ingeblikt brood, verschillende blikken geconcentreerd voedsel, boter, die ze voor dat doel in een plastic doos deden, gevitamineerde snoepjes en een fles "wodka" met een kliksluiting. De kantines waren gevuld met sterke thee. De zijtas was vol. Indien mogelijk moet ander voedsel in vijandelijk gebied worden verkregen. Dit vormde de essentiële reserve voor de vier of vijf dagen dat de overval duurde.

Iedereen was druk met de voorbereidingen en om vier uur 's middags konden ze als voltooid worden beschouwd. De teams waren in perfecte volgorde gestapeld. Korporaal Schäfer had net zijn machinepistool, dat hij stuk voor stuk had schoongemaakt en opnieuw bewerkt, weer in elkaar gezet en ging verder met het aanbrengen van zwavelpoeder op de draadaandrijving. Rudi kwam naar hem toe.

'Ik ga naar de taverne van de oude Ivan,' zei hij. Als de feldwebel naar me vraagt, zeg hem dan dat ik een paar minuten weg ben.

"Kijk, Rudi, maak geen grappen" vergeet de ontevreden korporaal.

'Het kost me geen twee minuten. Het is gewoon een kwestie van een paar woorden uitwisselen met...

"Ja, met je blonde wist ik het al. We zullen gaan. Maar als ze naar je vragen, weet ik niets. Ik heb geen zin om een pakket te winnen vanwege zo'n koppige man. Bah! Die vrouwen...! Hij gromde afwijzend.

Rudi keek naar links en naar rechts. Alf en Bert keken naar hem. Ze hadden al geruime tijd verwacht dat het evenement zou plaatsvinden. Ze zwaaiden met hun hand naar hem om hem een teken te geven dat hij moest opschieten en knipogen naar hem. Hij kon ze vertrouwen. Het waren de beste kameraden ter wereld.

Katia was in het vervallen huis en repareerde zoveel mogelijk schade om het weer bewoonbaar te maken. De oude Ivan was wat planken aan het spijkeren. Hij maakte gebruik van een moment waarop hij met zijn gezicht wegkeek, maakte een teken naar de jonge vrouw en zij ging de straat op.

'Ik moet met je praten,' zei de grenadier.

"Nu niet. Heb je het werk niet gezien dat ons te wachten staat? Als we tijd verspillen, krijgen we een vreselijke winter. De openingen moeten worden afgedekt zodat er geen lucht doorheen kan dringen.

'We moeten praten' herhaalde Rudi, onbuigzaam.

'Goed. Wat je maar wilt. Maar niet voor lang. Mijn vader zal boos zijn.

Ze liepen langs de weg naar de uitgang van de stad. Eenmaal bij het sparrenbos stopte Rudi, pakte haar bij de armen en staarde haar lange tijd zwijgend aan.

'Wat is er met je aan de hand, Rudi? Ga je weer weg?

Ja, Katja. Maar nu blijven we een paar dagen weg... of misschien weken. Het hangt allemaal af van hoe de dingen ons worden gegeven.

'O Rudi! riep ze uit, terwijl ze haar gezicht tegen zijn borst drukte.

Rudi schudde hem stevig.

'Deze keer heb ik ze niet allemaal bij me. Ik heb ook gehoord dat ze van plan zijn de stad te evacueren. Het is dus niet gemakkelijk voor ons om hier terug te komen voor rust.

'Ik wist het. Mijn vader en ik hebben besloten om naar Krasnovardeisk te verhuizen, met familieleden, voor het geval het bevel van kracht wordt.

"Onze terugkeer hier is twijfelachtig. Hoe dan ook, bij mijn terugkeer... als er niets met mij gebeurt, zal ik toestemming vragen en naar u toe gaan in Krasnovardeisk. Vergeet niet me de adressen van die familieleden van je te geven.

Katia huiverde.

"Ik heb een gevoel. Het lijkt mij alsof deze scheiding voor ons beiden definitief is.

Rudi lachte geforceerd.

'Je weet al dat mijn patrouille de gelukkige patrouille is. We komen altijd terug, Katia, en deze keer is er geen reden om anders te veronderstellen. Mijn enige spijt is dat ik een paar dagen moet doorbrengen zonder je te zien. Bij onze terugkeer ontmoeten we elkaar in de stad. We gaan eten in een restaurant en wandelen in het park zoals die dag ... weet je nog? Het zal nog steeds beter zijn dan hier.

Katia huilde in stilte.

'Kom op, Katia. Doe niet zo gek. Deze stad is al onbewoonbaar. Je moet naar een veiliger plek verhuizen. En in de stad zul je altijd meer plezier hebben, vind je niet?

"Meer plezier? Zonder jou? Oh Rudi! Praat geen onzin "en ze verdubbelde haar snikken.

Rudi hief haar betraande gezicht op en kuste haar lang.

'Ik moet gaan, Katia. Er zijn strenge bevelen en ik wil mijn vrienden niet compromitteren.

Ze drukte meer tegen zijn lichaam.

'Nee, Rudi, nee! Ga niet. Als er iets met je zou gebeuren, zou ik sterven. Je kunt er zeker van zijn.

'Niets daarvan. Over een paar dagen zijn we weer samen. Kom op, huil niet meer. Geef me een kus en... 'auf wieder sehen.'

Ze liepen naar de ingang van de stad en hielden elkaar bij het middel vast. Katia wendde zich tot de grenadier.

'"Auf wieder sehen"', zei hij in het Duits. En hij rende naar huis zonder zijn hoofd te draaien. Rudi bleef even in beslag genomen en begaf zich toen terug naar de kazerne, niet zonder eerst wat voorzorgsmaatregelen te nemen.

De vertrektijd naderde. Enkele soldaten van andere eenheden waren gekomen om afscheid te nemen van de grenadiers en buiten de deur van de accommodatie heerste ongewone opwinding.

De nacht naderde. Een liaison van een motorrijder stak op weg naar voren de straat over. Kort daarna verschenen er verschillende vrachtwagens aan de andere kant van de stad, en terwijl de voertuigen benzine aan het tanken waren, stapten de soldaten die erin reisden uit om hun benen wat te strekken. Met afschuw dacht Rudi aan de complimenten die Katia tijdens zijn afwezigheid zou horen. Hij beet op zijn tanden.

Om half acht verscheen luitenant Wahrenfels. Hij had zijn hoed vervangen door zijn helm en droeg een volledige velduitrusting. Pistool aan de riem, munitie in overvloed, verrekijker, kantine en tas met proviand. De zilveren vierpuntige ster glom op zijn schoudervullingen. De grenadiers vormden zich snel en een stem van de "feldwebel" stond in de houding.

'Alles in orde? Vroeg de luitenant.

"Alles in orde" antwoordde de "feldwebel", kort.

De luitenant gaf de groep een overzicht. De vrachtwagen stond vlakbij te wachten. Hij maakte een teken en de patrouille wendde zich tot hem. De feldwebel, de korporaal en de negen grenadiers klommen een voor een omhoog en legden hun explosieve ladingen op een veilige plaats. De luitenant nam plaats in de cabine naast de chauffeur.

"Ga je gang!" schreeuw.

Het voertuig startte met het luide gedonder van zijn krachtige motor. Onder de canvas hoes speurde Rudi de weg af. Bij de uitgang van de stad bleef een vrouwenfiguur, bijna verborgen tussen de bomen, roerloos staan kijken naar de voorbijrijdende vrachtwagen. Rudi blies haar een kus met zijn hand, en ze antwoordde op dezelfde manier, mompelend:

"Dag, Rudi...! Tot ziens!

De vrachtwagen versnelde. De figuur werd kleiner tot hij in de schaduw verdween. Rudi stak een sigaret op, strekte mijn benen en maakte het zich zo comfortabel mogelijk voor de korte reis.

HOOFDSTUK XIII

De passage van de vijandelijke linies werd uitgevoerd in het midden van een bijna absolute duisternis en zonder moeilijkheden. De twaalf mannen gleden als spookachtige schaduwen over de zandzakken, de een na de ander, geluidloos, recht voor zich uit starend. De luitenant liep voorop en bedekte de achterkant, de "feldwebel" met het gespannen machinepistool. De anderen hadden hun magazijnen op hun plaats gelegd toen ze hun eigen loopgraven verlieten en droegen een handpomp met het snoer vrij, zodat deze zo snel mogelijk en op elk moment kon worden gebruikt.

Niemand verborg dat het risico van de operatie enorm was en de verantwoordelijkheid erg groot. Ze waren echter al aan de taak gewend en handelden buitengewoon kalm, zonder de zenuwen te verliezen of zich onnodig zorgen te maken.

De Russische loopgraven in de frontlinie werden achtergelaten. De voorzorgsmaatregelen verdubbelden. Sommige secundaire loopgraven moesten worden geruimd en elk moment liepen ze het risico een patrouille tegen te komen of plotseling de commandopost te raken van een compagnie, een bevoorradingsdepot of een kwartiermeestermagazijn, wiens schildwachten de nacht in de gaten hielden, aandachtig voor iedereen. de geruchten.

Luitenant Wahrenfels had in de doorzichtige portemonnee die om zijn middel hing een zeer gedetailleerde kaart van de sector bij zich, waarop de mogelijke plaatsen waar de bewaking speciaal was met rood potlood waren gemarkeerd, volgens gegevens van de gevangenen die een paar dagen eerder waren gevangengenomen . Het was nodig om lange omwegen te maken en nooit het richtingsgevoel te verliezen. Af en toe stopten ze allemaal, op zijn gebaar, en toen nam hij het kleine lichtgevende precisiekompas uit de bovenzak van zijn krijger en ging het zorgvuldig raadplegen.

Hij liet, evenals de feldwebel en de korporaal, een vierkante lantaarn aan hun harnas hangen, met een apparaat waarmee de kleur van het licht gemakkelijk kon worden veranderd en dat onder bepaalde omstandigheden onschatbare diensten kon bewijzen.

Ze zetten hun mars voort en sleepten je mee. Er klonken wat geruchten. In de verte kon je de doffe gloed van enkele koplampen van voertuigen op de wegen voor de deur onderscheiden. De stad Leningrad lag aan zijn linkerhand. Vooraan hadden ze Kolpino, met zijn fabrieken ontmanteld door de bombardementen, en verder naar rechts Tosna, een belangrijke kern, op de snelweg Leningrad-Novgorod.

Bert, Alf en Rudi liepen achter elkaar aan, hun zintuigen scherp en hun vinger aan de trekker van hun geweer. Sommige raketten vlogen de lucht in en verlichtten kort de omgeving. De grenadiers stonden roerloos te wachten tot de gloed vervaagde en vervolgden hun langzame, vermoeide mars. Boven de horizon schoten luchtafweermachinegeweren hun sporen van tracerkogels de lucht in. De artillerie vuurde op de Russische achterkant, op zoek naar de nieuw geplaatste batterijen, die geen teken van leven vertoonden. Boven de wolken hoorde je het geluid van vliegtuigen die heel hoog vlogen.

Plotseling stopte de luitenant, volkomen stil, aan de grond gekluisterd. De anderen volgden.

'Wat zal er gebeuren?' mompelde Bert.

'We zullen het nu weten,' antwoordde Alf. Als de luitenant stopt, is dat omdat hij iets belangrijks heeft gezien.

Een groep van drie Russen rukte op in de duisternis. Zijn laarzen maakten een dof geluid op de harde grond.

'Stil' fluisterde de luitenant.

De Russen waren al heel dichtbij. Ze rukten op langs een pad dat een paar meter liep van de plaats waar de mannen van de patrouille waren. Een van hen stopte plotseling en luisterde. Hij had ongetwijfeld iets verdachts bespeurd. Rudi was op zeer korte afstand van hem.

Rechts van hem verrees een soort schuurtje. Hij kwam langzaam overeind, verborgen tegen een van de muren. Zijn kameraden keken hem stomverbaasd aan. Wat ging die gek doen? Ze legden allemaal hun rechterhand op het gevest van de machete. Het lijdt geen twijfel dat de Rus de aanwezigheid van mensen bij de schuur had opgemerkt. De momenten waren van onhoudbare spanning. Zich op de Rus en zijn twee metgezellen werpen, stond gelijk aan het uitlokken van een gevecht dat hen in een paar seconden kon ontdekken als er maar een andere soldaat in de buurt was. Er was echter geen keuze.

Pojalui poidiate doid.

De Rus stopte. Hij ademde luid.

"Vozmiome zontik" antwoordde hij lachend. Dobrai inkeping.

En hij liep weg met zijn twee metgezellen. De luitenant slaakte een diepe zucht van verlichting, die de anderen volgden. Toen ze ver van de gevaarlijke plek waren, stelde hij een paar meter vertraging op om Rudi de hand te schudden.

'Goed gedaan, jongen,' zei hij kort tegen hem, terwijl hij terugkeerde naar het hoofd van de colonne.

Ze hadden een in zeer slechte staat verkerende weg bereikt, die in de verte verloren was gegaan, verzwolgen door de duisternis. In de verte schenen enkele lichten van enkele kazernes. De luitenant beval hen ongeveer tien meter langs de kust verder te gaan, weg van de sloot. Deze weg leidde naar de hoofdweg, die in noordelijke richting naar de spoorlijn liep.

'We zijn op de goede weg', zei hij ten slotte. Als we niet struikelen, bereiken we morgen ons doel.

'We moeten een brug over de Neva over, mijn luitenant. Het zal een van de gevaarlijkste momenten zijn, want het lijdt geen twijfel dat de Russen wachtposten hebben opgesteld bij de in- en uitgang ervan.

"We zullen zien hoe we het kunnen oplossen. Het is het beste om altijd te handelen naar de omstandigheden adviseren. Van tevoren bedachte plannen hebben geen zin.

De patrouille liep iets meer opluchting. Het vlakke terrein maakte het gemakkelijk om te lopen, en het ging erom je ogen open te houden om niet verrast te worden door een naderend voertuig of patrouille op de weg. De "feldwebel" draaide constant en vervulde zijn missie om de achterkant te beschermen.

De geruchten van het front bleven achter en een grote kalmte omhulde de atmosfeer. Maar achter dat schijnbare gevoel van opluchting schuilde het altijd constante gevaar om ontdekt te worden door een onvoorziene schildwacht. Voor zijn ogen verscheen een kleine groep "isba's", aan weerszijden van de weg. De luitenant raadpleegde zijn kaart.

'Loditzi' mompelde hij.

Ze maakten een omweg om de huizen te ontwijken. In een ervan zong een groep Russen luid. Voor de deur waren meerdere vrachtwagens zichtbaar. Toen de grenadiers al een paar meter verwijderd waren, startte een van de vrachtwagens. De koplampen gingen plotseling aan en een straal geelachtig licht flitste langs de luitenant, die net genoeg tijd had om te bukken voordat hij werd ontdekt. Een stem berispte de roekeloze chauffeur, die zich haastte om de koplampen uit te doen en te vervangen door veiligheidskoplampen, die slechts de grond verlichtten op een paar meter afstand van de motor.

'De dwaasheid van die persoon heeft ons bijna veel geld gekost,' mompelde luitenant Wahrenfels.

'Maar het bracht me op een idee,' voegde Rudi eraan toe en kwam dichterbij. Waarom halen we er niet een van die vrachtwagens uit en zo kunnen we wat uitgeruster verder?

De luitenant dacht even diep na.

"Prachtig!" riep hij eindelijk uit." Maar voordat je gaat inspecteren wat er in het huis gebeurt.

Een van de grenadiers kwam voorzichtig naderbij. Binnen vijf minuten was hij terug.

"De meesten van hen zijn dronken en sommigen slapen op de grond", zei hij.

De groep naderde de voertuigen en terwijl twee grenadiers hun "machinepistolen" op de deur richtten, stapten de anderen in een van hen. Bert nam het stuur over.

"Klaar? "Die voor het huis waren geplaatst, kwamen als laatste naar voren.

De vrachtwagen startte met een schok. Binnen in de "isba" ging het rumoer door.

'Je kunt beter de voorligger inhalen. Waar ze ook passeren, we zullen passeren', zei de luitenant.

Bert trapte op het gas. Het duurde niet lang of er verscheen een rood licht voor hem.

'Blijf dicht bij hem,' zei Wahrenfels. En het voertuig trad in de voetsporen van zijn voorganger, wiens bestuurder nog steeds niet vrij leek van de dampen van de alcohol die kort daarvoor was ingenomen.

HOOFDSTUK XIV

'Het is heel weinig tot het ochtendgloren,' zei de luitenant. Als we vroeg genoeg bij de brug zijn, kunnen we de vrachtwagen er misschien beter overheen krijgen dan te voet.

"Die daar", antwoordde Bert, met zijn kin naar voren wijzend, "zijn ervan overtuigd dat wij zijn metgezellen zijn die op het laatste moment hebben besloten de "isba" te verlaten en de mars voort te zetten.

"Laten we op onze gelukkige sterren vertrouwen", zei de luitenant.

De machtige Neva, een rivier die van deel tot deel door de stad Leningrad stroomt en uitmondt in de Finse Golf, was niet meer ver meer. Het oversteken was de eerste fase van de operatie. Aan de andere kant zou het makkelijker te opereren zijn, omdat er door de grote afstand tot de frontlinie minder militaire voorzorgsmaatregelen zijn.

De mars duurde een uur. De koelte van de machtige waterstroom was merkbaar in de lucht.

'De brug!' riep Bert plotseling uit, wijzend naar een verwarde schaduw die voor hen opdoemde.

De patrouillechef deed het achterste gordijn omhoog en waarschuwde de jongens:

"Iedereen kalm en stil, alsof je sliep. Rudi, ga naar de cabine.

Het voertuig remde even af en Rudi nam plaats aan de rechterkant van het raam. Ze bleven aan de voorste vrachtwagen vastgelijmd. Bij de ingang van de brug riep een stem:

"Stoï!.

Het eerste voertuig remde af en de bestuurder stak zijn hoofd uit het raam.

'We komen terug van het transport van munitie naar het front', zei hij tegen de schildwacht. Sommige vrachtwagens hebben overnacht in Loditzi.

Rudi, die zijn helm had afgezet, liet de ruit zakken en voegde eraan toe:

"Ga! Schiet op, we kunnen niet wachten om naar huis te gaan!

"Goed. Ga je gang", zei de Rus.

En de twee vrachtwagens passeerden hem langzaam. Rudi had nog een moment om tegen de schildwacht te zeggen terwijl hij het glas weer hief:

"Dobroi notchi, tovarich.

De luitenant glimlachte en mompelde:

"Het ding gaat. Nu komt een zeer vlak en ontvolkt gebied. We zullen in het voertuig blijven tot de dag nadert, en dan laten we het ergens achter waar het geen argwaan wekt.

'Wat jammer!' riep Rudi uit. De dageraad was nabij. Toen ze een bocht in de weg bereikten, zagen ze een dorp.

"Als degene vooraan doorgaat, blijven we bij de uitgang. Op deze manier zullen ze denken dat we zijn gestopt om een beetje uit te rusten.

Dat deden ze en lieten het voertuig tussen twee huizen staan. Ze stapten uit met de grootste stealth en waren verdwaald in de nog steeds zeer dichte schaduwen van de nacht.

De spoorlijn was nu dichtbij. Zodra het ochtendlicht het lopen in de open lucht onmogelijk maakte, zochten ze een toevluchtsoord om een welverdiende rust te nemen. Vlakbij zagen ze een paar verlaten krotten, waarvoor grote stapels zwartgeblakerd stro lagen. Ze gingen naar hen toe en verstopten zich zo goed mogelijk tussen het stro en de smerige muren. De luitenant noemde zijn 'feldwebel'.

'Verdeel de bewakers en laat iedereen slapen.

Ze verzamelden zich bij elkaar en bezetten de kleinst mogelijke ruimte en de eerste leverancier stond als schildwacht en observeerde de omgeving voorzichtig. Ze zouden elk uur worden afgelost. De anderen probeerden zich in het stro te nestelen. Ze groeven hun proviand op en aten een hap. Daarna ging iedereen in de meest comfortabele positie liggen.

's Middags maakte een hard geluid hen wakker. De luitenant stond een beetje verontrust. Iedereen staarde naar de weg. Ongeveer vijf kilometer verder was een karavaan vrachtwagens net tot stilstand gekomen en de inzittenden verspreidden zich snel over het veld. Een team van "Messerchmidts" viel de vrachtwagens aan met hun machinegeweren.

'Niemand gaat van uw plaats!' Beval de luitenant, te midden van het lawaai van het gekletter van de machines en het gezoem van de motoren.

De vliegtuigen maakten verschillende passen, bliksemsnel, spuwden vuur en schoten alles op hun pad neer. De inzittenden van de vrachtwagens sloegen op de vlucht. Sommigen van hen zochten hun toevlucht in holen op korte afstand van de plaats die door de grenadiers werd ingenomen. Ze staarden enthousiast naar hun eigen werk, maar zonder de Russen uit het oog te verliezen, op wie ze hun wapens richtten.

'Als ze er maar niet aan denken om de huizen met machinegeweren te beschieten, in de veronderstelling dat er troepen in zitten,' zei Bert.

'We zouden een goede deal doen,' verklaarde Alf terwijl hij in de lucht staarde.

De vliegtuigen gingen uiteindelijk weg en verloren zichzelf aan de horizon.

'Die onhandige hebben ons bijna vermoord,' zei de korporaal, terwijl hij de sporen van de kogels op zeer korte afstand van zijn schuilplaats observeerde.

De Russische vrachtwagens startten weer. Twee van hen werden op de weg achtergelaten en een groot aantal gewonden werd opgevangen en naar een van de voertuigen vervoerd.

"Het lijkt erop dat ze een doel hadden", merkte de luitenant op.

"Alles wat je wilt. Maar kun je je het resultaat voorstellen van een goede lading dynamiet in het midden van de formatie? Vroeg Rudi, niet bereid om de effectiviteit van die procedure toe te geven.

Vanaf dat moment sliep niemand meer. Er werd kort van gegeten en luitenant Wahrenfels ging verder met het geven van enkele instructies, aangezien de plaatsing van de eerste lading die nacht zou plaatsvinden.

Ze vertrokken in de schemering. De spoorlijn was amper twee kilometer verwijderd. Ze kwamen kruipend over het ruige terrein. De helling werd donker en dreigend. De treinen reden ver uit elkaar. De korporaal klom op zijn machinepistool en de twee bedienden namen aan weerszijden posities in, de dozen gereed. Twee grenadiers rukten op met explosieve ladingen uitgerust met vertraagde ontstekers. De werking ervan was twee uur later berekend, zodat de anderen konden worden geplaatst. Alle drie zouden ze ongeveer tegelijkertijd exploderen en enkele kilometers spoor vernietigen, zo volledig dat reparatie bijna onmogelijk zou zijn in de korte tijd die nog restte voor het begin van de winter.

De ladingen waren perfect verborgen met stenen en aarde. De patrouille volgde het spoor, lopend aan beide kanten, alert en met scherpe ogen. De tweede lading werd geplaatst. De weg boog op die plek. Ze stonden op het punt de derde te plaatsen toen de luitenant zijn jongens tegenhield. In de verte was een ijzeren brug te zien. De luitenant staarde hem met fonkelende ogen aan.

"Lang! "Geordend." We zullen de derde en vierde lading reserveren voor iets beters. Zie je de brug? Als we hem laten zinken, zullen de circulatiemogelijkheden op deze manier binnen enkele maanden volledig worden geëlimineerd.

Maar u moet opschieten, mijn luitenant. De andere twee belastingen werken al "aangegeven met de" feldwebel-bel "". We kunnen geen seconde verspillen, en er zijn hoogstwaarschijnlijk schildwachten bij de in- en uitgang.

"En waarvoor zijn we hier? zei Rudi, wijzend op zichzelf en zijn twee metgezellen.

'Ga je gang, jongens,' beval de luitenant.

Rudi, Alf en Bert glibberden als reptielen, zwaaiend met hun machetes. De eerste schildwacht was perfect te onderscheiden, gehuld in zijn mantel. De drie grenadiers gingen de helling af tot ze bijna de waterkant raakten. De stalen massa torende boven hun hoofden uit in zijn ingewikkelde frame. Ze klommen langs de metalen balken. Het geluid van het water deed zijn voetstappen verdwijnen. De eerste schildwacht viel met een nauwkeurige macheteslag. De tweede schrok even, maar voordat hij het uit kon schreeuwen greep een hand hem bij de keel en bracht Bert hem naar beneden met zijn schoffel. Ze keerden terug om de rest van de patrouille te informeren dat de weg vrij was.

Vier grenadiers gingen door met het plaatsen van de ladingen op de zwakke punten van de brug, terwijl de anderen de wacht hielden. De taak duurde langer dan verwacht vanwege de moeilijkheid om uit te voeren, vanwege de heersende duisternis. De luitenant raadpleegde zijn horloge. Het duurde maar een korte tijd voordat de eerste en tweede lading ontploften. En voordat dat gebeurde, moest ze de anderen op hun plaats hebben en ver genoeg weg zijn om veilig te zijn. De jongens werkten koortsachtig en maakten de staven dynamiet vast met draad. Plotseling verstijfde de veldwebel, luisterde aandachtig, hurkte neer en legde een oor tegen de reling.

"Er komt een trein aan! ' kondigde hij aan, niet in staat een lichte nervositeit te bedwingen.

'Je moet je haasten! Beval de luitenant.

HOOFDSTUK XV

Eindelijk kwamen de grenadiers een voor een terug. De kosten waren ingesteld, bijna op nul. Het tijdstip van de explosie naderde.

"Naar de race! "Beval het hoofd van de patrouille.

Ze renden de helling af, misten de rotsen en lieten hun laarzen in de modder zakken, die om hen heen spatte en in hun gezicht spatte.

De trein naderde. Ze renden meer dan een kilometer. Eindelijk, op een teken van de luitenant, vielen ze hijgend op de grond. Ze zochten dekking achter een eminentie van de grond en wachtten met zenuwen die op het punt stonden te ontploffen. Het duurde een paar minuten voordat de ladingen explodeerden. Het konvooi bestond uit een flink aantal wagons.

'Wat als ze munitie hadden, mijn luitenant? "Vroeg Rudi." Wat een vuurwerk!

"In dit geval zou onze taak volbracht zijn. Maar zullen we zoveel geluk hebben?

"Binnen zeer korte tijd zullen we het weten", zei de 'feldwebel'. Als de aanklachten maar niet mislukten!

De stilte was compleet. De locomotief was de plaats van de eerste mijn al gepasseerd en was zeer dicht bij de tweede. Hij ging er ook overheen. Hij ging de brug op. De zwarte rook uit de schoorsteen stak af tegen de duisternis van de lucht. Plotseling schudde een verschrikkelijke ontploffing de atmosfeer. Een verblindende gloed verlichtte alles. Stukken rails en enorme rotsblokken werden door de lucht verspreid in een wolk van zeer zwarte rook, en toen ze tegen de grond begonnen te slaan, explodeerde de tweede mijn en greep de laatste van de wagons vierkant. Op hetzelfde moment rees de locomotief op alsof hij door een gigantische hand werd opgetild, draaide zich om en bezweek onder een onbeschrijfelijk geraas op zijn kant, terwijl de brug zonk, zijn steunen gebroken door dynamiet, tussen een massa verwrongen liggers en cement, tussen overweldigende kraken. Een van de voorste rijtuigen vloog met een doffe crash, wat bijdroeg aan de totale vernietiging. Het werk kan als perfect worden beschouwd. De luitenant en zijn jongens keken met gebalde vuisten en brandende ogen naar het schouwspel.

Grote vlammen stegen op vanaf de plaats van het ongeval. De auto's brandden met een penetrante geur.

"Laten we geen tijd verspillen", zei het hoofd van de patrouille. Je moet hier zo snel mogelijk weg. Wil je dat we verrast worden door na te denken over onze eigen prestatie?

De groep mobiliseerde. Je moest in gedwongen marsen wegtrekken om te voorkomen dat je door de Russen werd gepakt. Sommige zoeklichten begonnen te branden en in de verte klonk het gebrul van voertuigen.

"Voorlopig denken ze dat het luchtvaart was", zei Bert. Maar het zal niet lang duren voordat ze de waarheid ontdekken. Als dat zo is, kunnen we maar beter hier weg zijn.

Ze renden door het land zonder ook maar een moment te stoppen, bezeten door de wens om zoveel mogelijk grond tussen hen en catastrofe te plaatsen.

Plots stopte luitenant Wahrenfels, die voorop liep, met het maken van uitzinnige gebaren. Iedereen vertraagde. Voor hen, vrij ver weg, naderden patrouilles in een snel tempo. De grenadiers waren gegroepeerd in een kleine holte, terwijl de Russen aan beide kanten voorbijgingen en beschuldigingen uitten. Toen ze de weg bereikten, doken ze de sloot in. Er kwamen twee vrachtwagens en enkele ambulances aan.

'Over een paar minuten zal het nieuws zich in deze sector hebben verspreid', zei de luitenant. Ontsnappen zal moeilijk zijn, jongens. Het zal nodig zijn om moed en koelbloedigheid te verzamelen. Laten we de weg volgen en er altijd afstand van houden.

"Het ergste zal zijn om de rivier over te steken", zei Rudi. Omdat we niet zwemmen ...!

'We zouden een goed bad moeten nemen,' voegde Alf eraan toe, 'na wat we hebben gezweet tijdens het rennen.

Rechts waren Russische 15,5-batterijen begonnen te vuren. De flitsen volgden elkaar ritmisch op en het gefluit van de projectielen werd waargenomen op hun reis naar de Duitse loopgraven.

'Waarom vliegen we ze niet ook, mijn luitenant? Vroeg Rudi.

"Stop met grappen maken en verlies de grond waarop je je bevindt niet uit het oog! De een vermaande hem.

Ze vorderden in hoog tempo. De luitenant kreeg zijn oriëntering. De rivier was niet ver. Er hing een zekere koelte in de lucht.

'Denk er niet aan om de brug over te steken,' zei het hoofd van de patrouille. Ze zullen hun waakzaamheid verdubbeld hebben.

"Wat hebben we genoten op weg naar buiten! riep Alf uit.

"Wat zouden mijn voeten dankbaar zijn om een goede vrachtwagen te vinden! Een grenadier mompelde.

"We rusten aan de andere kant.

De helling begon. Even later zagen ze de glans van het water. Het grootste deel van de brug rees een eindje verderop op. Een groep soldaten bewaakte de ingang. De mogelijkheid om ze uit te schakelen door middel van een goed salvo van het machinepistool en alles over het hoofd te zien werd besproken, maar de luitenant was van mening voorzichtigheid te blijven betrachten. Het beste was om de kusten te verkennen. Misschien was er een manier om de rivier over te steken zonder dat de Russen het merkten. In dit geval zouden ze actief de wacht houden, in de overtuiging dat ze aan de andere kant waren en dat hun terugtrekking gemakkelijker zou zijn.

Ze verstopten zich tussen de kruiden. De "feldwebel" stuurde drie grenadiers om de omgeving te onderzoeken. De jongens liepen zwijgend weg. Kort daarna waren ze weer op volle toeren.

"Er is een boot op zeer korte afstand van hier", meldden ze.

"Kunnen we allemaal passen? Vroeg de luitenant.

"Ik betwijfel het. En nog meer het dragen van de wapens en de twee dozen met munitie" was de reactie van de grenadier.

"In dit geval doorlopen we twee fasen.

De luitenant, de korporaal en vijf soldaten klommen in de zwakke boot, die gevaarlijk schommelde en bijna kapseisde. Alf, Bert, Rudi, nog twee grenadiers en de "feldwebel" wachtten op hun beurt aan de oever. De minuten gingen langzaam voorbij, terwijl de boot wegsnelde, voortgestuwd door de riemen. Het kostte hem meer dan een half uur om terug te komen. De zes grenadiers klommen met grote voorzichtigheid naar de lichte boot, overladen. Ze waren nog maar net begonnen met roeien of er klonk geschreeuw vanaf de oever.

'Je moet je haasten! "Zei Rudi." Het lijkt me dat we zijn ontdekt.

De riemen doken haastig in het water en de boot bewoog sneller.

'We kunnen maar beter een beetje met de stroom meegaan om ze van de grond te krijgen,' adviseerde Alf.

De boot vorderde op een steile diagonaal. Fakkels flitsten op de kust en kogels begonnen te fluiten.

"Als we erin slagen in dezelfde richting te blijven, zouden we al geliquideerd zijn", zei een grenadier, kijkend naar de kleine straaljagers die de projectielen opheven.

Ze roeiden met hernieuwde kracht. De kust was al dichtbij. Ze legden stroomafwaarts aan van waar de eerste helft van de patrouille dat deed. De luitenant maakte zich oprecht zorgen. Eindelijk kondigde een van de jongens aan:

'Hier komen ze!

De twee groepen ontmoetten elkaar.

'Het wordt lelijk, mijn luitenant', zei Rudi, terwijl hij met zijn zakdoek zijn voorhoofd afveegde. Die kogels voorspellen niet veel goeds.

"De vooruitzichten zijn inderdaad verslechterd," beaamde de luitenant, "maar het is niet hopeloos. Het ergste is dat de dag nadert. We zullen het land door moeten trekken zonder ons zorgen te maken over duidelijkheid. Voor het geval we onze helm en draag hem hangend aan onze riem.

Ze liepen verder, in een hechte groep. De helderheid werd elk moment groter. De luitenant wilde niet stoppen om te rusten totdat de afstand tussen hen en de rivier zo groot mogelijk was geworden. Uiteindelijk gaf hij om 12.00 uur het stopteken. Op korte afstand werden enkele "isba's" waargenomen. De luitenant observeerde hen met zijn veldmanchetknopen:

"Ze zijn bezet door soldaten", zei hij. We zullen een omweg moeten maken.

"Meer omwegen? Rudi klaagde.

"Pas op! Lichaam tegen de grond! "Ik heb de" feldwebel besteld."

Een groep ruiters galoppeerde over de vlakte. Je kon hun leren mutsen zien en de geweren die ze op hun schouders droegen.

"Als ze overal in de provincie patrouilles hebben gelanceerd, zie ik iets moeilijks om uit deze val te komen", zei Bert.

'Er is niets moeilijks voor de Wahrenfels-patrouille,' zei Rudi. Graveer dit in je geheugen: We moeten terug, hoor je...? En we zullen terugkeren.

HOOFDSTUK XVI

Ze maakten een lange omweg om de "isbas" te ontwijken en werden na een lange wandeling achtergelaten. Ze waren op weg naar moerassig terrein. Overal groeiden hoge grassen en de lucht was smerig en smerig.

"Goede plek voor een hinderlaag", zei een grenadier.

"Van hen naar ons... of andersom? vroeg Rudi.

"Ik denk niet dat we tijd hebben om het voor te bereiden", kwam de luitenant tussenbeide. Open je ogen wijd en geen afleiding. Ik hou helemaal niet van dit terrein.

Ze volgden een nauwelijks waarneembaar pad. Rechts en links zakte de zachte aarde onder zijn voeten weg. Plotseling stopte de luitenant, die voorop liep, met zijn hand zwaaiend. De veldwebel naderde. Voor hen kampeerde een patrouille, uitrustend. Er zouden ongeveer twintig mannen zijn, woest en woest, hun hoofd bedekt met een hoge bontmuts.

'Kozakken' zei de 'feldwebel' met gedempte stem.

"We kunnen onze weg niet veranderen of een omweg maken", verklaarde de luitenant na enkele ogenblikken van bezinning. Aan de andere kant is teruggaan onmogelijk. Ben je vastbesloten?

De grenadiers knikten. Rudi streelde zijn machete. Alf en Bert hanteerden twee handpompen. De anderen stelden de groep op een rij met hun 'machinepistolen'.

"Geluid of geen geluid? vroeg Rudi.

De "feldwebel" wees nu naar voren. Op de nabijgelegen weg was een stilstaande vrachtwagen te zien.

"Ga voor hen en voor de vrachtwagen! 'Het was het beknopte bevel van luitenant Wahrenfels.' Het hangt er allemaal van af of je bij verrassing op de groep valt.

Op een signaal van hun commandant vielen de grenadiers als één man aan, met hun 'machinepistolen'. Twee Russen vielen. De anderen slaagden erin zich te verzamelen en vormden een hechte kern en gingen door met een wanhopige verdediging. De grenadiers pakten hun machetes. Er zat niets anders op dan te winnen of te sterven. De strijd begon fel door beide partijen, tussen veroordelingen en uitroepen van woede. Rudi brulde en kneep in de nek van zijn tegenstander tot zijn knokkels pijn deden. De Rus probeerde hem te laten struikelen, maar hij vermeed het behendig en, terwijl hij de krachtige spieren van zijn armen spande, sloeg hij hem tegen de grond. Zijn machete ging twee keer de lucht in, bevlekt met bloed. De andere grenadiers vochten als leeuwen.

'Laat niemand van hen ontsnappen! schreeuwde de luitenant te midden van de heersende chaos. Slagen en machetes weergalmden met tragisch gemompel. Een van de Russen had zijn geweer gepakt. Bert stormde op hem af, rukte hem weg en gaf een geweldige klap op zijn hoofd. De Kozak slaakte een lage kreun toen hij in elkaar zakte. Hij klikte een korte burst. Alf had net drie tegenstanders uitgeschakeld die binnen bereik waren gekomen. De feldwebel vuurde methodisch zijn pistool af, zonder ook maar één projectiel te missen, alsof hij in een wedstrijd zat.

Slechts vier Russen boden weerstand, maar het was van korte duur. Twintig lijken lagen op de grond. Enkele grenadiers raakten gewond, zij het gelukkig maar licht. Er was geen minuut te verliezen.

'Naar de vrachtwagen! Beval de luitenant.

Bert wierp zich achter het stuur, Rudi sprong naast hem en wees met zijn "machinepistool" uit het raam. De luitenant deed hetzelfde, met zijn pistool gespannen. De grenadiers waren naar achteren gesneld. Korporaal Schäfer plaatste zijn machinepistool op de cockpit en bevestigde een tape.

De vrachtwagen startte en binnen enkele seconden was hij in razend tempo. Ze passeerden een groep huizen. Toen hij omkeek, zag Alf enkele mensen uit de poort komen, die verbaasd naar het ongebreidelde voertuig staarden. De redding van de patrouille hing af van het feit dat de motor niet uitviel of zonder brandstof kwam te zitten.

Na een klauteren in de weg, die Bert roekeloos nam, een stofwolk opstuivend en de wielen piepend, verscheen er plotseling een grote groep soldaten, misschien een compagnie, die het volledig blokkeerde, trapte Bert het gaspedaal in. Een officier gaf een paar haastige bevelen. De korporaal haalde de trekker over. De machine rammelde van zijn precaire locatie en een kogelregen zaaide dood en paniek in de gelederen van de Russen, waardoor een opening ontstond waar het voertuig doorheen schoot. Twee machinegeweren antwoordden, maar de kogels richtten geen schade aan.

"Dit werkt eerst! riep Rudi opgewonden.

De luitenant keek recht voor zich uit, fronsend. Het was niet voor hem verborgen dat de gevaren bijna onoverkomelijk werden. Het nieuws dat een Duitse verkenningspatrouille zojuist de brug had opgeblazen en de spoorlijn zou al als een lopend vuurtje zijn rondgegaan. Alle posten zouden worden gewaarschuwd en het oversteken van de Russische linies zou een compagnie van titanen worden.

Plots verschenen de eerste huizen van een stad. De luitenant bestudeerde de kaart.

"Loditzi" zei hij. Weet je het niet meer?

"Ik denk het wel! "riep Bert uit." Stoppen we voor een drankje?

'Het zal nodig zijn deze vrachtwagen te verlaten zodra we vijf of zes kilometer van de stad verwijderd zijn,' kondigde de luitenant aan.

"Jammer! "Rudi klaagde." Met wat ik deze race leuk vond!

Na de laatste paar huizen remde Bert langzaam af. De benzinetank was nu bijna leeg. Een rookwolk steeg op uit de radiator. Hij duwde de truck een paar struiken in en de grenadiers sprongen op de grond.

"Pfoe! "Alf hapte naar adem." Ik heb liever te maken met de Russen dan met deze duivelse Bert.

Iedereen maakte gebruik van de korte pauze om een drankje te nemen uit de kantine. De dorst brandde in hun keel van het stof dat ze tijdens de razernij van de vlucht hadden ingeslikt.

"Vanaf nu gaan we met de grootst mogelijke voorzorgsmaatregelen verder", zei de luitenant. De linies zijn dichtbij en daarin zal de vijand de maximale waakzaamheid hebben ingesteld. We zullen ons verstoppen tot de avond valt, en we zullen de laatste fase van onze missie ondernemen.

Ze verstopten zich tussen enkele scheuren in de grond en terwijl twee grenadiers toekeken, probeerden de anderen een korte slaap te ontvluchten. In de late namiddag ging de luitenant over tot een inspectie van de wapens en voorraden. Ze hadden nog genoeg munitie over, de raketten waren intact en ze droegen nog steeds hun bommenvoorraad. De gewonde grenadiers waren verbonden met hun veldverband en konden het tot het einde volhouden. De luitenant raadde aan om kracht te verzamelen voor de beslissende inspanning, zich niet te laten meeslepen door zenuwen en te allen tijde maximale sereniteit en voorzichtigheid te bewaren.

Ze aten de resten van hun proviand op en schonken de overgebleven "wodka" in hun kantines om de flessen weg te gooien.

Om acht uur gaf luitenant Wahrenfels het bevel om te marcheren. De vermoeide grenadiers probeerden hun troepen niet in de steek te laten. Het uiteindelijke succes van zijn missie hing ervan af. Het was nodig om de energieën vast te houden tot het moment dat ze hun eigen grenzen weer overschreden. De opmars begon zonder neerslag. In de verte was de gloed van raketten te zien en het gedempte geluid van het schieten bereikte zijn oren. De luitenant marcheerde vooruit met zijn kompas in de hand, sereen en onbewogen.

Ze bevonden zich in de zeer gevaarlijke achterhoedesector, dicht bij de frontlinies, waar diensten zijn gevestigd en waar je op elk moment wachtposten of patrouilles kunt tegenkomen.

De luitenant stopte. De anderen voegden zich bij hem. Hij zwaaide met zijn hand naar voren. 'Dat is het adres,' mompelde hij. Het uitzicht naar voren... en wat er ook voor nodig is, je moet er doorheen.

HOOFDSTUK XVII

Rudi liep naar de luitenant toe met een bundeltje in zijn hand. Het was een Russische mantel die hij verlaten had gevonden naast een barak.

'Misschien kan het ons helpen,' fluisterde hij.

De schildwachten werden steeds talrijker. Hun silhouetten werden op sommige plaatsen waargenomen en overal klonken stemmen die om het wachtwoord vroegen.

De patrouille stopte in de beschutting van enkele huizen en Rudi spitste zijn oren en probeerde het kostbare woord te onderscheiden dat op een gegeven moment de deur van hun gewenste vrijheid voor hen zou kunnen openen. Twee soldaten passeerden op zeer korte afstand. Een van hen was aan het woord. Rudi lette goed op.

"Hoe gaat het "...? O ja! Bostok Zapade. Ik was vergeten.

"Mooi. Ik heb het al gevangen" mompelde Rudi, toen ze voorbij waren.

De loopgraven waren al dichtbij. Het schieten klonk dichtbij en de raketten werden waargenomen vanaf de andere kant.

Ze volgden een evacuatiegreppel, met de "machinepistolen" klaar. Ze gingen in één bestand, enigszins uit elkaar. De sloot was erg ondiep en op een gegeven moment konden ze er veilig uit springen. Twee schildwachten schetsten zijn silhouet van dichtbij. Net daarachter was de hoofdgeul en daarachter het niemandsland.

"Als we daarmee klaar zijn, kunnen we de wedstrijd als gewonnen beschouwen", mompelde de luitenant.

Rudi deed zijn cape aan. Hij schreed naar voren in de richting van een van hen.

"Lang! Wie gaat het wachtwoord!

"Bostok Zapade" antwoordde Rudi, naderbij komend. Een keer voor de schildwacht richtte hij zijn pistool op zijn buik terwijl hij eraan toevoegde ". Zeg tegen de ander dat hij dichterbij moet komen.

De doodsbange Rus gehoorzaamde. Zijn metgezel kwam naar hen toe. Rudi sprong achteruit en bedekte de twee met zijn "machinepistool", zwaaide hij naar zijn metgezellen. Bert en Alf kwamen snel. Er waren twee dreunende klappen. De andere grenadiers waren begonnen aan het hek om een pad vrij te maken. Toen het praktisch was, glipte de hele groep naar de andere kant. De luitenant haalde diep adem. Het was echter niet verstandig om overmoedig te zijn. Je kunt zelfs een vijandelijke verkenningspatrouille tegenkomen of jezelf blootstellen aan kogels van je eigen machinegeweren. Ze hurkten naar voren. De luitenant kwam weer op de been. De positie van waaruit ze waren vertrokken was iets naar rechts. Het was beter niet langer in dit gevaarlijke terrein te blijven.

'Laat er een gaan,' wees hij tegen de 'feldwebel'. Hij riep de dichtstbijzijnde grenadier, die met grote voorzichtigheid naderbij kwam. Er klonk een wat verre stem die riep:

"Lang! Het wachtwoord!

De grenadier keerde terug. De patrouille kwam in beweging. Er was geen trede op het hek en ze moesten naar de dichtstbijzijnde schuiven. Op het moment dat hij in de greppel sprong riep Rudi uit:

“Deze keer dacht ik echt dat we het niet telden!

“Wat een pessimist! "Antwoord Bert." Nou, ik was er zeker van om terug te keren. Hebben we ooit gefaald?

"Stilte! "Beval de luitenant." Dat we nog niet thuis zijn.

Hij keek met trots naar zijn groep, nog een missie was volbracht. En deze keer was de taak hen waardig geweest. Zijn collega's uit de hele sector en het opperbevel konden rustig wachten op het gedenkwaardige moment waarop het offensief begon dat de laatste verdedigingswerken van de belegerde stad zou vernietigen. De spoorweg die munitie en voorraden aan die persoon leverde, zou niet terugkeren om te circuleren. De enige tak die de dichtbevolkte stad met de buitenwereld verbond, had opgehouden te bestaan.

'Ga aan de slag, jongens. En deze keer verdienen we wel een goede rust.

"Als ze ons ervan laten genieten..." merkte Rudi sarcastisch op.

Luitenant Wahrenfels interviewde kort de kapitein van de compagnie die die sector vanaf het front bedekte, en vertelde hem het nieuws van zijn terugkeer. Kort daarna vertrokken ze in een vrachtwagen die voorraden aan het lossen was naar de commandopost van het bataljon. Majoor Braun ontving hen met de grootste hartelijkheid. Toen de luitenant hem de resultaten had medegedeeld, stond hij op en schudde hem hartelijk de hand.

"Ik hoop", zei hij, dat het opperbevel van de divisie de verdienste van zijn taak erkent. Wat mij betreft, ik feliciteer u met heel mijn hart.

Hij liet de grenadiers koffie schenken en een voertuig ter beschikking stellen waarmee ze naar de commandopost van het bataljon zouden reizen, waar de luitenant zijn kolonel moest informeren over de bevredigende resultaten die in de compagnie waren behaald.

Ze vertrokken onmiddellijk. Het kleine dorp verscheen al snel en terwijl de grenadiers in een nabijgelegen huis verbleven, ging de luitenant naar de "isba" waar kolonel Weiss woonde. Toen hij voor zijn superieur stond, verstijfde hij en kondigde met een kalme stem aan:

"Het doel is bereikt. Het treinspoor is volledig vernield.

Kolonel Weiss liet hem gaan zitten, beval zijn assistent koffie te brengen en smeekte de luitenant:

"Vertel me over de operatie in allerlei details. Eerlijk gezegd had ik je niet zo snel verwacht. Ik moet me niet voor je verbergen nu we hebben gevreesd voor je veiligheid.

Luitenant Wahrenfels nam even de tijd om zijn verhaal af te maken. Er werden geen details achtergelaten. De kolonel knikte met zijn hoofd.

"Mijn hartelijke felicitaties" zei hij aan het einde ", die ik de jongens die deel uitmaken van zijn groep wil uitspreken. Deze keer hoop ik dat je verdiensten zullen worden beloond op een manier die je waardig is: je gaat meteen naar Krasnovardeisk. De stad Novo-Litka is geëvacueerd. Ze zullen in de stad rusten zolang het bevel dit gepast acht en dat deze tijd lang kan zijn. Het is niet gemakkelijk voor de vijand om ons opnieuw te pesten. Onze luchtvaart en onze artillerie zullen geef een goed beeld van deze zwaar kaliber stukken. Aan de andere kant, zonder munitie, zal hun bestaan precair zijn. Neem nu een korte rust tot het daglicht.

Luitenant Wahrenfels voegde zich bij zijn grenadiers. De meest openhartige vreugde heerste in het huis, dat nog groter werd toen men hoorde dat ze naar de stad gingen. Weinigen van hen sliepen gedurende de paar uur tot het ochtendgloren, Rudi dacht aan Katia. Zou hij haar veilig en wel vinden? Had hij de stad verlaten? Hij was bereid haar overal te zoeken. Zijn liefde voor de jonge vrouw was gegroeid tijdens die korte, maar uiterst gevaarlijke scheiding.

Ze verlieten de stad na het ontbijt. De velden gleden aan weerszijden van het voertuig voorbij, goudgeel in de ochtendzon. De grenadiers zongen van vreugde. Ze passeerden verschillende steden en dorpen, waarvan de inwoners hun gebruikelijke taken uitvoerden. Een van de dorpen vertoonde de sporen van een recente aanval door de Russische luchtvaart. Verschillende "isba's" stonden in brand.

'Blijkbaar worden ze vrolijker,' zei iemand.

'Het zal niet lang meer duren,' antwoordde Alf. De staatsgreep heeft een einde gemaakt aan zijn laatste kansen op verzet. Ik wed wat je wilt dat Leningrad voor de winter ingenomen is.

'En naar welk front zullen ze ons daarna brengen? vroeg Bertus.

'Iedereen weet het!' riep de korporaal. 'Misschien gaan we terug naar het zuiden.

'Wat mij betreft, ik blijf liever hier' mompelde Rudi.

"Natuurlijk! Naast je blonde, toch? Vroeg Bert minachtend.

"Het is gewoon dat ik hier dol op ben", legde Rudi glimlachend uit.

"Dappere dwaas! riep Alf uit. Heb hier zin in! Heb je ooit zulke onzin gehoord?

Ze gingen de buitenwijken van Krasnovardeisk binnen. Een schildwacht hield de vrachtwagen tegen.

'Het is de Wahrenfels-patrouille die terugkeert van een operatie', vertelde de 'feldwebel' hem.

De schildwacht riep om een andere soldaat.

'Ik heb een bevel om je naar je accommodatie te brengen,' zei de laatste, en in de vrachtwagen stapte hij de chauffeur de richting aan die hij moest nemen. Eindelijk stopten ze voor een mooi huis.

"Goed! "riep de luitenant." We zijn eindelijk gearriveerd. Weg met iedereen...! En probeer wat te rusten voordat je aan je uitstapjes door de stad begint.

HOOFDSTUK XVIII

Diezelfde middag ging Rudi op zoek naar Katia. De borden die de jonge vrouw kort voor het afscheid in Novo-Litka op een stuk papier had geschreven, duidden op een straat in de richting van een van de uiterste buurten. Ondanks zijn vermoeidheid ging Rudi op weg.

Hij stak straten en straten over, waar een slecht geklede menigte door dwaalde, en mengde zich met soldaten van alle wapens. De restaurants en tavernes waren vol. De animatie was constant. Meerdere keren vroeg hij voorbijgangers de weg. Hij passeerde enorme gebouwen en stak een met bomen bedekt ravijn over, dat ooit een park moet zijn geweest.

Hij was in de buurt tegenover die waar hij vandaan kwam. Hij zag een enorm pakhuis met oorlogsmateriaal. Tanks en kanonnen waren gewikkeld in canvas hoezen, verhard door de kou van de nacht. Hij stopte op een hoek. Katia straat was heel dichtbij. Bleef lopen. Binnen een paar minuten was hij op een levendig kruispunt. Twee cafés bezetten de hoeken. Rudi dacht dat het misschien beter was om iets te drinken en dan voor het huis te wachten. Als Katia niet naar buiten kwam, zou ze rechtstreeks naar haar vragen.

Hij nam plaats aan een van de tafels op de stoep. Hij keek naar binnen. De beschermheren, meestal soldaten, vulden het pand. Verschillende serveersters kwamen en gingen constant. Opeens sloeg haar hart een slag over.

"Katia! "schreeuw.

De jonge vrouw stond op het punt het dienblad dat ze droeg te laten vallen. Ze kwam naar hem toe rennen. Rudi pakte haar bij de armen. Sommige soldaten begonnen te mompelen en te glimlachen.

"Wat doe jij hier?

"Ik moest deze baan accepteren. Het leven in de stad is heel moeilijk ", antwoordde ze ademloos en keek hem in de ogen.

'Laten we meteen gaan! We moeten over veel dingen praten!

"Ik zal proberen toestemming te krijgen van de eigenaar om te vertrekken. Wacht een beetje op me.

Het duurde lang voordat het eruit kwam. Ongeduld verteerde Rudi, die verschillende keren op het punt stond binnen te komen en zich tegen de imbeciel aanreed die het meisje zo vasthield. Eindelijk verscheen Katia, ontdaan van haar schort. Ze droeg een eenvoudige maar smaakvolle jurk die haar charmes versterkte. Er waren sporen van vermoeidheid op zijn gezicht.

"Ik moest aan het werk", legde hij uit zodra ze een stukje verder waren verhuisd. Mijn familieleden zijn arm en ze kunnen mijn vader en mij niet onderhouden. Als je eens wist hoe ik me je tegenwoordig herinner! Je gaat toch niet meer weg, Rudi?

"Ik hoop dat ze ons deze keer laten rusten voor een goed seizoen. Al dachten we dat de vorige keer ook... en je ziet wat er gebeurd is.

Ze gingen naar het park, waar ze die dag doorheen waren gelopen, al zo ver weg. Katia kneep stevig in zijn arm. Mensen keken nieuwsgierig naar hen. De lange grenadier, in zijn gehavende uniform en de mooie jonge Russische vrouw, vormden een buitengewoon aantrekkelijk stel.

Ze namen plaats in een café bij de vijver. Ze nam hem bij de hand en staarde hem aan.

'Als je weer weggaat,' zei hij, 'denk ik dat ik dood ga.

Rudi dacht na.

'Ik zal mijn best doen om aan je zijde te blijven, Katia. Ik begrijp dat er een transformatie in mij plaatsvindt. Ik ben niet meer dezelfde als voorheen. Tijdens het gevecht heb ik uw beeld in mijn hoofd en ik wens vurig gezond en wel terug te keren.

Ze stonden op en liepen langzaam verder. Toen ze de waterkant bereikten, boog ze zich voorover om naar zichzelf te kijken.

"Weet je nog?

Rudi knikte. Ze kusten hartstochtelijk en drukten tegen elkaar aan.

'Niet gaan,' herhaalde Katia snikkend. Kon je geen bestemming vinden die je zou dwingen hier te blijven? Altijd van de ene plaats naar de andere, blootgesteld aan allerlei gevaren! Het is tijd voor u om wat te rusten... Ga niet meer naar buiten, ik smeek u.

Het snikken schudde haar lichaam. Rudi trok haar tegen zich aan en beiden bleven lange tijd in die houding, onverschillig voor het verstrijken van de tijd.

"Het is tijd om terug te gaan", zei Katia na een tijdje ". Ik was vergeten dat ik een baan heb. En dat wordt 's avonds erger. De eigenaar van het café heeft me laten vertrekken op voorwaarde dat ik terugkom als Ik vertelde hem dat het iets van het allergrootste belang was, en hij stemde met tegenzin in. Maar ik kan die baan niet verliezen.

Rudi klemde zijn kaken op elkaar. Hij stelde zich voor dat Katia urenlang in het café werkte, naar de beleefdheden van de soldaten luisterde en het slechte humeur van de eigenaar verdroeg. Aan deze situatie moest een einde komen.

Ze kusten elkaar lang en begonnen te lopen. Ze namen afscheid in een hoekje bij het café. Rudi liep naar zijn accommodatie. Plots hoorde hij een roep naar hem. Twee grenadiers van zijn groep zaten aan een restauranttafel.

"Hé, Rudi! Yen voor een drankje. We nodigen je uit... En kijk eens wie daar binnen is.

Rudi kwam dichterbij. Alf en Bert zaten binnen op een andere tafel.

"Wat heb je een slecht gezicht! "riep Bert uit." Heeft bier je een slecht gevoel gegeven?

"Natuurlijk! "voegde Alf eraan toe." Hij had het al zo lang niet gedronken dat hij het heeft misbruikt en de armen ...

'Hou je mond, verdomme! Rudi mopperde terwijl hij rechtop ging zitten.

De andere twee grenadiers kwamen naderbij.

'We kunnen samen zijn, nietwaar? Het wordt koud buiten.

Het gesprek werd algemeen. Een van de grenadiers begon zijn interview uit te leggen met een meisje van de hulpdiensten, die in een kantoor van de generale staf zat en die hij al lang kende.

"Ze is een mooi meisje", detailleerde hij. Met golvend blond haar en... "Hij maakte een expressief gebaar met beide handen." Ze leven hier heel goed. Ze genieten veel voordelen en gunnen zichzelf in ieder geval de luxe om schoon te zijn... Hoewel het daarvoor niet de moeite waard is om in de oorlog te zijn, toch? Die van ons is veel leuker.

"En wat doet die jonge vrouw? Bert wilde weten.

"Ze is verantwoordelijk voor de bevoorrading van de kantines verspreid over de stad en voor de leiding van hun personeel. Hij legde me trouwens uit dat ze in de Generale Staf lijden aan een zeker gebrek aan gespecialiseerde elementen. De voorkant neemt elke dag meer mensen op en de kantoren missen een aantal essentiële elementen. De Russische tolk is overgeplaatst naar een andere plaats en de generaal zoekt iemand om hem te vervangen, maar kan hem niet vinden. Er zijn velen die zich presenteren, maar geen enkele spreekt de taal van het land met de perfectie die voor de functie vereist is.

Rudi spitste zijn oren.

"Hier hebben we onze vriend Rudi," zei Bert, "die het wonderbaarlijk domineert en in plaats daarvan zijn leven besteedt aan het maken van schoten op vijandelijk terrein. Wat een contrasten heeft het leven!

"Wat zouden ze ervoor geven om het in handen te krijgen!' voegde Alf eraan toe.' Maar wat zou de patrouille zijn zonder zijn hulp?

Rudi was verzonken in het staren naar zijn glas.

'Hé, Rudi! Heb je geslapen?' zei Bert terwijl hij hem bij de arm duwde. Hoe gaat het met je blondine...? Want ik neem aan dat je het al gezien hebt.

'Heel goed,' antwoordde de grenadier kort, terwijl hij opstond en zich gereedmaakte om te vertrekken. Gaat er iemand met me mee?

Alf en Bert stonden op.

"Kom op" zei de eerste, geeuwen. Ik heb een geweldige droom. Ik ga lekker slapen!

Ze liepen met z'n drieën de straat voor hen uit, hun geschoeide laarzen kletterend op de grond. Rudi, kon die nacht nauwelijks slapen, duizend verschillende ideeën waren verweven in zijn brein. Hij kon duidelijk de woorden van de grenadier horen: "De Russische tolk is overgeplaatst naar een andere plaats en de generaal zoekt iemand om hem te vervangen...". Wat zouden zijn metgezellen van hem denken, als ze wisten dat hij van plan was hen in de steek te laten? Zouden ze hem voor een lafaard houden...? Nee. Dat was niet mogelijk. Maar toen verscheen het beeld van Katia, glimlachend, met haar blonde haar en blauwe ogen. "Er zijn velen die komen opdagen, maar ...".

Tegen het ochtendgloren viel hij in slaap. Hij had zijn besluit genomen.

HOOFDSTUK XIX

De volgende ochtend vertrok Rudi zonder iemand iets te vertellen. Een wervelwind van met elkaar verweven ideeën kwelde zijn brein. Hij richtte zijn schreden naar de kantoren van de Generale Staf. Er was een onophoudelijke drukte in hen. Hij kwam de zaal binnen. Op een prikbord kon hij een kopie lezen van een blad dat was uitgedeeld aan de bataljonscommandanten die opdracht gaven om onderzoek te doen bij de compagnieën om de aanwezigheid te achterhalen van soldaten die perfect Russisch spraken. Zei dat soldaten zich bij dat hoofdkwartier moeten melden voor onderzoek. Rudi had er genoeg van. Hij keerde terug naar de kazerne. De jongens hadden zich verspreid in de stad, en alleen degene die de wacht had, bleef over.

'Heb je de luitenant gezien? Vroeg hij.

"Een paar ogenblikken geleden was hij hier nog, maar hij is net vertrokken.

Rudi dwaalde door de drukke straten, verstrikt in duizend zorgen. In zijn hart leek het hem een schurk om dit met zijn strijdmakkers te doen. Hoe zou de patrouille het voortaan zonder zijn hulp redden? Wat zou de luitenant zeggen toen hij te kennen gaf dat hij examen wilde doen om als gewone klerk in Krasnovardeisk te blijven? Hij, die die fauna altijd zo veracht had! Hij was in het park en liep heel dicht langs Katia's restaurant, hoewel hij haar niet ging bezoeken. Waarom, als ze ook niet samen konden gaan wandelen? Er zat niets anders op dan te wachten op de nacht.

Tegen de middag keerde hij terug naar de accommodatie. De grenadiers kwamen niet eten. Ze verbleven in restaurants die bereid waren om te genieten van lekkernijen die ze lange tijd hadden onthouden. De luitenant was er ook niet, Rudi vervloekte innerlijk zijn pech. Haar zenuwen stonden op het punt te exploderen. In de buurt gehouden. Rond vijf uur 's middags zag hij plotseling luitenant

Wahrenfels een straat oversteken. Hij ging achter hem aan, totdat hij hem inhaalde.

'Mijn luitenant!' roep ik.

De officier stopte. Rudi liep naar hem toe en salueerde respectvol.

'Wat, daar, jongen?' vroeg Wahrenfels terwijl hij hem op zijn arm klopte. Hoe gaat het met je eenzaam? En je twee vrienden? Ben je niet langer de 'onafscheidelijke drie'?

"Mijn luitenant", begon Rudi, "wil graag met u spreken.

"Wauw, man! Waar komt dat serieuze gezicht naar uit? Is er iets ernstigs met je aan de hand? Laten we in dat café gaan zitten.

Ze namen plaats aan een tafel en de luitenant bestelde twee biertjes.

'Goed. Leg het me uit. Je lijkt een beetje bezorgd.

"Ik ben... De waarheid is dat ik niet weet hoe ik moet beginnen... Sinds een tijdje voel ik iets anders. Misschien is het vermoeidheid. Mooi zo. Samengevat: ik heb een advertentie gezien in de kantoren van de Generale Staf waarin om Russische tolken werd gevraagd en ik dacht dat ik misschien ...

De luitenant staarde hem verbaasd aan. Ik had zo'n exit nooit verwacht.

"Nou, Rudi" antwoordde hij langzaam nippend van zijn bier. Je hebt het geluk de taal van het land perfect te beheersen en je hebt het volste recht om te proberen je diensten aan te bieden aan een hogere instantie waar ze meer van nut kunnen zijn dan in onze bescheiden patrouille. Van mijn kant denk ik niet om enig ongemak te veroorzaken. Het is een heel persoonlijke zaak. Maar je kunt er zeker van zijn dat we je heel erg zullen missen.

De officier stond op. Ik was oprecht geschokt.

"Mijn luitenant. Ik wil niet dat je denkt...

'Niets, Rudi. Ik wens je veel succes. Je laat me weten hoe het examen is verlopen, en als je beslissing onherroepelijk is, zal ik een vervanger voor je moeten zoeken... Nou, doei.

Rudi salueerde. Een sterk gevoel van schaamte overspoelde hem. Hij begon te lopen en zijn stappen brachten hem onbewust naar Katia's café. Het was al vrij laat en de jonge vrouw zou op het punt staan te vertrekken. In het pand waren de soldaten aan het razen en aan het lachen. Rudi wachtte in de hoek. De jonge vrouw maakte een teken naar hem door de ramen. Tien minuten later stond ze op straat. Ze hielden de armen vast. Rudi was stil.

'Wat is er, Rudi? Gaat het niet goed?

"Katia" antwoordde hij. Jij en ik kunnen niet uit elkaar leven. Als ik weer zou vertrekken, weet ik zeker dat ik in mijn taak zou falen. Gisteren legde een grenadier in mijn groep me terloops uit dat ze een goede tolk nodig hebben in de kantoren van de Generale Staf. Ik ben "hij lachte hard". Ik ga mezelf voorstellen. Kun je je voorstellen dat ze me toelaten? Ik zou in de stad blijven, misschien tot het einde van de oorlog. We zouden niet meer uit elkaar gaan. Wat dacht je van? Ben je niet blij?

Katia keek hem heel serieus aan. Ze liepen een hele tijd zwijgend rond.

'Nee, Rudi', zei ze uiteindelijk. Het zou prachtig zijn, maar je kunt het niet. Wat zullen je klasgenoten zeggen?

"Wat kan mij dat schelen...?

"Nee" herhaalde Katia. Op den duur zou je je schamen als je ze in de steek had gelaten. Je zou spijt krijgen van je beslissing en je woede zou zich tegen mij keren. Je bent geboren om te vechten en je zult vechten tot het einde. Ik zal op je wachten, hoor je me? Ik zal op je wachten, want ik weet zeker dat je terug zult moeten komen. Doe dat niet.

"Ik kan niet zonder jou, Katia", antwoordde hij. Ik weet zeker dat het op den duur zou haperen, en dat is nog erger. Morgen doe ik dat examen. Als ik geluk heb en ze passeren, blijf ik in de stad, kan ik me altijd netjes kleden en hoor ik het gesis van kogels en het geraas van explosies niet meer. Ik kijk uit naar een beetje rust. Vind je niet dat ik het verdien?

'Ja, je verdient het, maar niet op deze manier.

"Ik heb er heel goed over nagedacht. Je weet dat ik een beetje koppig ben. Mijn besluit is onherroepelijk. Nu... als je niet van me houdt...

"Oh Rudi! "riep ze uit terwijl ze zich tegen zijn arm drukte." Zeg dat niet eens...

Hun wandeling ging door tot heel laat. Toen ze terugkwamen, liepen de twee langzaam in extase. Katia had zich laten overtuigen, maar diep van binnen verwachtte ze een toekomst vol bedreigingen. Alles werd echter overschaduwd door het vooruitzicht Rudi elke dag te kunnen zien. Zijn beeld smeedde prachtige beelden voor de dagen die zouden komen dat beiden konden lopen zonder het constante risico van een scheiding.

Toen hij terugkeerde naar zijn kazerne, bleef Rudi bij de deur staan en durfde nauwelijks naar binnen te gaan. Hoe zou je het nieuws aan je twee kameraden doorgeven? Zouden ze haar sarcasme nemen of zouden ze de leiding nemen over haar situatie?

Alf en Bert maakten zich klaar om naar bed te gaan. Rudi aarzelde lang. Eindelijk zei hij:

'Ik moet met jullie praten.

"Is het iets ernstigs? vroeg Bertus. Je gezicht belooft niet veel goeds.

"Ja. Dit is iets ernstigs. Ik heb besloten hier te blijven.

Ze keken hem allebei verbaasd aan.

"Het leek me" merkte Alf op "dat de kwestie van de blondine niet goed kon aflopen.

'Noem me een idioot, noem me een lafaard of wat je maar wilt, maar ik kan niet zonder die vrouw.

"En waar blijf je...? Maar ik val al! "riep Bert uit." In het hoofdkwartier hebben ze een geweldige tolk nodig... en je hebt gedacht dat je diensten op die plek essentieel zijn. Natuurlijk! Wie weet Russisch zoals Rudi?

'Ik begrijp dat je me uitlacht. Maar... dat overkomt je park waar je nog nooit verliefd op bent geweest.

"Nou, wees heel blij met je Katia" zei Bert "en veel plezier in de stad... We vertrekken morgenmiddag.

'Wat, ga je morgen weg?

'Een tijdje geleden vertelde de luitenant ons. Het lijkt erop dat het front mobiliseert en dat alle beschikbare krachten nodig zullen zijn. We weten niet of het de laatste aanval op de stad is, maar zoals je kunt zien, kon onze beroemde doorbraak deze keer ook niet worden bereikt. Ik bedoel... voor jou, ja.

Rudi dacht na. Hij strekte zich uit op zijn mat en probeerde te slapen, maar zonder succes tot een laat uur. Bert en Alf snurkten stilletjes in een diepe slaap.

HOOFDSTUK XX

Rudi's test was een groot succes. Een gespecialiseerde kolonel van de informatieafdeling dwong hem plaats te nemen aan een tafel vol papieren. Rudi las enkele teksten voor, die hij vervolgens ging vertalen. Dan andersom. Eindelijk stond de kolonel op en zei tevreden:

"Tot nu toe ben je de eerste die hier komt opdagen met een exacte kennis van de taal. Het enige wat je nog hoeft te doen is de uitspraaktest doen. Als dit perfect is, is het vierkant iets voor jou.

Hij liet een Russische medewerker op kantoor komen.

"Kun je een tijdje kletsen", zei hij tegen hen.

De Rus en Rudi raakten in een kort, snel gesprek. De Rus knikte verbaasd.

"Monoga jarosi. Monoga jarosi", zei hij ten slotte tegen de luitenant. En hij voegde eraan toe in gebroken Duits ". Hij spreekt perfect Russisch.

"Bij welke eenheid hoort het?

'De verkenningspatrouille van Wahrenfels wordt getroffen door het tweede bataljon van het derde regiment,' antwoordde Rudi.

'De patrouille heeft nu rust, toch?

'Ja, mijn kolonel. Al lijkt het erop dat ze vandaag vertrekken naar een andere plek dichter bij het front.

"Inderdaad. Eenheden worden gemobiliseerd voor een grote operatie ... Goed. In de vroege namiddag zal de overdrachtsopdracht worden uitgevaardigd. Maar als u van gedachten verandert, neem dan de beslissing die u het meest geschikt acht ... Ik zeg u dat omdat over het algemeen houden grenadiers niet zo van bureaucratische taken en het kan zijn dat u zich wat haastig hebt gedragen.Als uw metgezellen liever met hen meegaan als ze vertrekken, doe dat dan. Ik wacht tot morgenmiddag op u. Als u niet verschijnt, gaan we verder met de onderzoeken' en de kolonel slaakte een gelaten zucht.

"Ik zal komen, mijn kolonel", verzekerde Rudi. Mijn beslissing is weloverwogen.

"Goede jongen. Tot ziens dan.

Rudi richtte zich stijf op en ging de straat op. Een mengeling van vreugde en verdriet vulde zijn wezen. Aan de ene kant het vooruitzicht om aan Katia's zijde te blijven; anderzijds het verschrikkelijke moment waarop hij afscheid zou nemen van zijn vrienden en de officier, met wie hij tot dan toe de ontberingen en ontberingen van een zware campagne had gedeeld.

Tijdens de lunch ontmoetten de grenadiers elkaar in de kazerne. Ze moesten alert blijven op het moment dat de vrachtwagen arriveerde die hen moest vervoeren. De teams waren zoals gebruikelijk in rijen gestapeld en de luitenant hield een korte evaluatie. De "feldwebel" beval de grenadiers om niet uit de omgeving te komen. Een gemotoriseerde verbindingsman arriveerde rond het middaguur en vroeg om de grenadier Rudi Mainz. Hij had de overdrachtsopdracht van het hoofdkwartier. Rudi las het en balde het toen met zijn vuist. Een storm woedde in zijn ziel. Hij liep door het huis in een staat van enorme spanning. Het hing allemaal af van een enkel woord. De luitenant en zijn twee vrienden wisten al wat zijn beslissing was. Misschien is het beter om te verdwijnen zonder afscheid te nemen. Later zou hij zijn houding rechtvaardigen met een korte brief. De andere grenadiers wisten van niets.

Hij zag hoe iedereen bezig was hun wapen schoon te maken. Hij zou het niet meer hoeven te doen. Zijn "machinepistool" zou in het magazijn worden afgeleverd. Waarom wilde hij zo'n dodelijk wapen in die stad waar alleen landgenoten en soldaten met verlof circuleerden? Hij dacht aan Katia, maar de gestalte van de jonge vrouw was nu wazig in zijn hoofd, alsof het tot het verleden behoorde.

Hij stelde zich zijn leven voor op kantoor, zittend aan een tafel vol papieren waarvan hij de inhoud zou moeten ontcijferen. Van tijd tot tijd zouden ze hem enkele gevangenen kunnen laten ondervragen. Zijn bestaan zou wegglijden te midden van een wonderbaarlijke kalmte. De dagelijkse routine zou uiteindelijk zijn zintuigen verzwakken en ze zouden alleen maar willen trillen bij het zien en aanraken van zijn geliefde Katia. Een bestaan van een burger, dat niets of bijna niets met de oorlog te maken zou hebben.

Ondertussen zouden zijn metgezellen de harde invallen in vijandelijk terrein voortzetten. Ze zouden explosieve ladingen plaatsen op de plaatsen die door het Commando waren ingericht. Ze zouden neerstorten als leeuwen op de schildwachten. Ze zouden forten opblazen en commandoposten verrassen. Zijn neus pikte voortdurend de geur van buskruit op. Ze hurkten dan voor de schittering van de raketten en luisterden naar het gebulder van artilleriegranaten die over hun hoofden gleden om een beetje verder te exploderen in verblindende vlammen.

Als hij ze liet gaan, kon hij in een rustig tempo naar het hoofdkantoor lopen, zichzelf voorstellen aan de kolonel en aankondigen dat hij de functie aanvaardde. De hoge baas zou hem de volgende ochtend vertellen hoe laat hij met zijn baan zou beginnen. Dan zou hij gaan wandelen, in een café zitten en bier bestellen, hij zou rustig wachten op de tijd om Katia te ontmoeten. Vanavond konden ze het evenement vieren door samen te dineren en daarna konden ze zelfs een filmsessie bijwonen in het 'Soldatenheim'.

Hij keek op zijn horloge. Het was half zes. De schemering was al heel dichtbij. In die tijd nam het werk in het café van Katia toe. Hij stelde zich voor dat ze omringd was door soldaten, luisterend naar hun liefdevolle woorden, naar hen glimlachen omdat het nodig was, misschien hun vriendelijkheid accepterend.

Met een plotselinge ruk haalde hij de bestelling uit zijn zak. Hij las het nog eens. Hij wierp een blik op de kazerne. Er stonden wat grenadiers voor de deur. Hij kon niet vertrekken zonder op zijn minst afscheid te nemen van de luitenant. Benaderd. De officier kwam en ging en gaf enkele bevelen. Rudi liep naar hem toe.

"Mijn luitenant", zei hij. Ik heb al een overboekingsopdracht in mijn zak. Mijn besluit is genomen. Ik blijf op het hoofdkwartier. Mijn huiswerk erop kan immers net zo nuttig zijn als op de eerste regel.

'Je weet heel goed dat dat niet zo is, Rudi. In de eerste regel was je essentieel. Hier zijn meer middelen. Vroeg of laat zal de kolonel een soldaat vinden die de taal van het land kent met de perfectie die hij eist. In plaats daarvan zal de patrouille worden beroofd van een element van onschatbare waarde... en niet alleen omdat ze Russisch spreken, maar om vele andere redenen. Hoe dan ook, ik heb je gisteren al verteld dat ik niet van plan was je humeur te beïnvloeden. Ik wil u echter zeggen dat als u er ooit spijt van krijgt, we u zullen verwelkomen alsof er niets is gebeurd. Alsof je terugkomt uit het ziekenhuis met een wond genezen.

"Zeg vaarwel tegen Bert en Alf. Ik zou niet het lef hebben om het zelf te doen. Ze zijn voor mij de beste kameraden ter wereld geweest... Ik weet niet wat ze zullen denken, maar we moeten uit elkaar gaan.

'Dat zal ik doen, Rudi. En u kunt er zeker van zijn dat zowel zij als ik voor uw situatie zorgen.

De luitenant stak zijn hand uit. Rudi schudde hem stevig.

"Tot ziens, mijn luitenant", zei hij saluerend.

"In jouw plaats zou ik zeggen... Tot ziens.

De agent draaide zich om en liep het gebouw binnen. Rudi begon zijn mars naar het hoofdkwartier van het hoofdkwartier. Hij liet een heel leven achter waarvan hij in andere omstandigheden voor niets ter wereld zou zijn gescheiden.

Bijna in het donker liep hij door de steegjes. Na een tijdje kwam hij uit op een van de hoofdstraten. Aan de andere kant was het gebouw waarin hij vanaf dat moment zou wonen. In diepe droefheid liep hij het trottoir af. Plotseling hoorde hij het geluid van een motor achter zich. Een militaire vrachtwagen naderde met gemiddelde snelheid en ontweek de karren van de inheemse bevolking. Door de voorruit herkende Rudi het bekende gezicht van luitenant Wahrenfels.

Een plotselinge schok schudde haar lichaam, ze keek naar het verfrommelde papier in haar hand; hij verstijfde. Opeens hief hij een arm op. De vrachtwagen remde af.

"Wacht op me!" schreeuw.

De luitenant glimlachte. Hij remde het voertuig af. Rudi rende als een bezetene. Hij sprong op en ging achterin zitten.

'Waar was je?' 'Een grenadier heeft het hem verteld.' We dachten dat je verdwaald was.

'Ik was klaar,' antwoordde Rudi terwijl de truck weer startte. Maar ik heb mijn draai weer gevonden.

De vrachtwagen werd kleiner in de verte, gehuld in een stofwolk, op weg naar voren, gevaar ... en glorie.

EINDE

127